DREAMBOOKS★

DREAMBOOKS★

천하제일쟁자수

권인호 신무협 장편소설

ORIENTAL FANTASYSTORY & ADVENTURE

3

dream
books
드림북스

천하제일 쟁자수 3

초판 1쇄 인쇄 2015년 4월 24일
초판 1쇄 발행 2015년 5월 4일

지은이 권인호
발행인 오영배
책임편집 편집부

펴낸 곳 (주)삼양출판사 · 드림북스
주소 서울시 강북구 도봉로 173
대표 전화 02-980-2112 **팩스** 02-983-0660
출판등록 1999년 3월 11일 제9-00046호

ISBN 979-11-313-0249-1 (04810) / 979-11-313-0246-0 (세트)

+ 이 도서의 국립중앙도서관 출판시도서목록(CIP)은 서지정보유통지원시스템홈페이지(http://seoji.nl.go.kr)와 국가자료공동목록시스템(http://www.nl.go.kr/kolisnet)에서 이용하실 수 있습니다. (CIP제어번호: 2015011982)

天下第一爭子手

천하제일쟁자수

권인호 신무협 장편소설

ORIENTAL FANTASYSTORY & ADVENTURE

3

dream books
드림북스

목차

천하제일 쟁자수

第一章

심심풀이 삼아 허드렛일

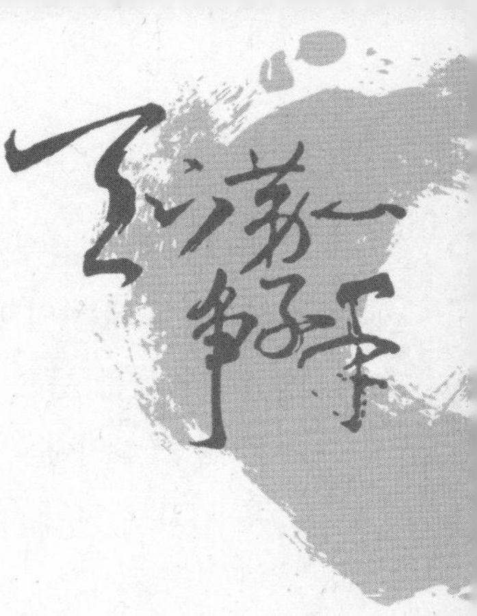

뒹굴뒹굴.

빈둥빈둥.

"으아아아아! 심심해!"

삼원표국에서 돌아온 지 어느덧 보름이 지났다.

그 보름 동안 하루하루가 정말이지 지겹고 지루했다.

어릴 적에 고아가 된 후로 줄곧 혼자 살아왔지만 그렇게 살아오면서도 단 한 번도 혼자인 게 지루하지 않았는데, 지난 보름 동안은 정말이지 좀이 쑤실 정도로 시간이 더디게 흘렀다.

그 더디게 흐르는 시간 속에서 루하의 머릿속은 온통 설란에 대한 생각뿐이다.

"대체 얘는 언제 오는 거야?"

처음에는 무슨 일인지 궁금하기도 하고 정말 동생에게 안 좋은 일이라도 생긴 건 아닌지 걱정도 되었는데, 하루하루 지날 때마다 궁금증은 조급증이 되고 걱정은 짜증이 된다.

하지만 이제는 그조차도 금방 무료함 속에 묻혀 버린다.

뒹굴뒹굴.

빈둥빈둥.

"으아아아아! 심심하다고!"

다시 유난히 휑해 보이는 방 안을 이리저리 굴러다니던 루하는 문득 이상하다는 생각을 했다.

"나 왜 이러지? 전에는 안 그랬잖아? 사는 게 무지 바쁘고 정신없지 않았어?"

단지 설란이 없다는 이유 하나만으로는 설명이 되지 않는다.

"음…… 전에는 뭘 했더라?"

그러고 보니 예전이랑 달라진 게 하나 있었다.

전에는 언제나 할 일이 있었다.

표국이란 곳이 원래 그렇게 한가한 곳도 아니었고 쟁자수가 그렇게 팔자 좋은 직업은 더더구나 아니었다.

표행에 나가지 않는 날도 언제나 바빴다.

의뢰받은 표물을 표국으로 받아도 와야 하고 짐수레에 적재도 해야 했다. 또한 짐수레를 점검하는 일부터 시작해서 여름 우기에는 비에 젖지 않도록, 겨울 동절기에는 표물이 동파되지 않도록 대비를 하는 일까지 온갖 자질구레한 일들이 모두 쟁자수의 몫이었다.

그러다 보니 눈을 뜨면 표국으로 출근을 해야 했고 밤이 늦어서야 일을 마치고 돌아오는 것이 일상다반사였다.

지금처럼 몇 날 며칠이고 방구석에서 빈둥댈 수 있는 처지가 아니었던 것이다.

그런데 홍염마수 이우경을 죽인 후로 그런 일상이 변했다.

누구도 그를 찾지 않았고 누구도 그에게 일을 시키지 않았다.

설란이 옆에 있을 때는 설란과 어울리느라 그 변화가 크게 와 닿지 않았는데, 지금 이렇게 설란이 옆에 없고 보니 이제야 그 변화가 절절하게 실감이 난다.

"할 일도 없는데 간만에 일이나 하러 가 볼까?"

생각난 김에 표국에나 한번 들러 볼까 생각하던 루하는 순간 저도 모르게 피식 실소를 흘렸다.

언젠가 들었던, 허구한 날 투전판을 들락거리던 동료 쟁자수의 말이 떠오른 때문이었다.

'왜 쟁자수로 힘들게 번 돈을 투전판에다 다 날려 먹냐고? 그야 인생은 한 방이니까. 언제고 대운이 떠서 한 방 크게 터지면 일은 취미로 하면서 살 거야. 먹고 살기 위해 일을 하는 게 아니라 취미로 일을 하는 남자! 그게 내 소원이거든. 그러니 나는 투전판에다 돈을 거는 게 아냐. 꿈을 거는 거지.'

그렇게 꽤 멋진 말을 했던 동료 쟁자수는 소원을 이루기는커녕 결국 전 재산을 탕진하고 빚쟁이를 피해 잠적해 버렸지만, 어쨌든 이전에는 귀찮고 지긋지긋했던 일을 심심풀이 삼아 찾아 나서려는 지금 자신의 모습이 그 동료 쟁자수가 꿈꾸었던 '취미로 일을 하는 남자' 바로 그것인 것이다.

달라진 위상, 달라진 지위, 그리고 달라진 환경.

나쁘지 않다.

아니, 기분 좋다.

새삼 우쭐한 마음에 어깨마저 으쓱해진다.

그리해 집을 나서는 그의 걸음은 무척이나 경쾌했다.

그렇게 경쾌한 걸음으로 만수표국에 당도하고 보니 아니나 다를까 거기에는 흔하디흔한, 바쁜 일상의 모습들이 펼쳐지고 있었다.

“아니지, 아냐! 무거운 것부터 실으라니까! 이 일 하루 이틀 하나? 정신들 차리라고!”

“그건 깨지기 쉬운 물건이니까 제일 뒤에 따로 실어. 어허! 조심하라니까! 그러다 깨지기라도 하면 자네 일 년 벌이가 날아가는 거야!”

“어이! 거기 무슨 잡담들을 그렇게 하나? 잡담이나 하고 있을 시간 없다고! 내일이 출행이라니까!”

쟁두 공칠의 독촉 속에 만수표국의 쟁자수들이 분주하게 짐을 실어 나른다.

익숙한 광경.

그 익숙함이 어떤 그리움으로 다가오는 것을 보니 자신이 변하긴 변했나 보다.

그때였다.

“정 소협!”

누군가 그를 불렀다.

돌아보니 그를 발견한 총관 엄탁이 놀란 얼굴을 하고는 달려오고 있었다.

“정 소협께서 여긴 어쩐 일이십니까?”

엄탁의 태도는 공손했다.

하늘같이 높아 보였던 엄탁의 그 같은 공손함조차 이제

는 익숙해진 루하다.

엄탁의 물음에 루하가 어깨를 으쓱해 보이며 대답했다.

"그냥 일 좀 도우려구요."

"일을 돕다니요? 설마 여기서 허드렛일이라도 하시겠다는 겁니까?"

"왜요? 나 아직 여기 쟁자수잖아요. 쟁자수가 쟁자수 일을 하겠다는 건데 그게 뭐 잘못됐어요?"

잘못된 건 없다.

쟁자수를 그만두겠다는 의사 표시를 한 적도 없고 만수표국에서 그를 자른 적도 없다. 그러니 루하는 여전히 만수표국의 쟁자수였다.

하지만 그건 어디까지나 형식상의, 서류상의 신분일 뿐이다.

지금 만수표국에서 루하를 쟁자수로 생각하는 사람은 아무도 없었다.

어디 만수표국뿐이랴.

천하 무림이 그를 중원 대륙 최고의 표사로 인정하고 있었다.

그런 그에게 어찌 한낱 쟁자수나 하는 허드렛일을 맡기겠는가.

"아니 될 말씀입니다. 소협께 이런 일을 하게 했다가는 제 목이 날아갈 것입니다."

"거참, 이상한 말씀을 하시네. 표사는 표사고 쟁자수는 쟁자수잖아요? 표사는 표사가 할 일을 하면 되고 쟁자수는 쟁자수가 할 일을 하면 되는 거 아니에요? 쟁자수가 쟁자수 일을 하겠다는데, 그게 총관님 목이랑 무슨 상관이라고 총관님 목이 날아가요?"

비릿하게 입꼬리를 말아 올리는 루하를 보며 엄탁은 쓴 웃음을 베어 물었다.

표사는 표사고 쟁자수는 쟁자수다.

언젠가 자신이 루하에게 했던 말이었다.

그때의 무시와 천대를 다분히 고의적으로 비웃고 있는 것이다.

'뒤끝이 참…….'

하지만 누구를 탓하랴.

이 모든 게 눈 뜬 장님이 되어 태산처럼 큰 바위를 조약돌 취급한 자신의 무지몽매함에서 비롯된 것을.

"아무튼 난 내 일을 할 테니까 총관님은 총관님 일을 하세요. 이것도 다 먹고 살자고 하는 일인데 너무 야박하게 구실 건 없잖아요?"

그렇게 말하고는 말릴 새도 없이 쟁자수들과 섞여 대뜸 짐부터 번쩍 들어 올리는 루하다.

그런 루하를 보며 엄탁은 어이없어했다.

이 허드렛일이 다 먹고 살자고 하는 일이라니?

야박하게 군다니?

'표행 한 번에 은자 오천 냥을 요구한 사람이 할 말은 아니잖아?'

잠시 그렇게 어처구니없다는 눈으로 루하를 쫓던 엄탁은 눈앞에서 펼쳐지고 있는 곤혹스러운 상황에 다시금 난감해하다가 이내 바삐 걸음을 돌렸다.

삼절표랑이 하고자 하는 일이다.

기껏 일개 만수표국의 총관이 하라 마라 할 수 있는 일이 아니었다.

지금 그가 할 일은 그저 이 곤혹스러운 상황을 웃전에 알리는 것뿐이었다.

*　　*　　*

"지금 뭐라 했는가? 정 소협이 표물을 실어 나르고 있다니?"

엄탁의 보고를 받은 조철중이 황당해하며 총표두 곡운성을 보았다.

곡운성도 황당하긴 마찬가지였다.

"정 소협이 왜? 왜 갑자기 그런 짓을 한단 말인가?"

"혹시 시위를 하는 것이 아니겠습니까?"

"시위라니?"

"표행비 말입니다. 벌써 보름이 지났고 이제 닷새 안에는 출발을 해야 하는데 아직 우리 측에서 결정을 못 내리고 있으니 최종 통보의 의미로 이런 시위를 하고 있는 것이 아닐는지…… 그게 아니라면 지금처럼 민감한 시기에 굳이 이곳에 와서 그런 기행을 벌일 이유가 없지 않습니까?"

"끄응……."

곡운성의 말에 조철중은 아무 반박도 하지 못했다.

그가 생각하기에도 그것 말고는 루하의 기행을 딱히 설명할 길이 없었다.

물론 제대로 헛다리였다.

하지만 그건 그들이 어리석어서가 아니었다.

설마하니 천하의 삼절표랑이 단지 '심심해서' 허드렛일이나 하러 왔다는 걸 어느 누가 상상이나 하겠는가 말이다.

"더 늦출 일이 아닙니다. 어젠 양윤이 비밀리에 독응표국(禿鷹鏢局)과 방림표국(芳林鏢局)의 국주들까지 만났다고 합니다. 게다가 독응표국과는 이야기가 상당히 진척되었다 들었습니다. 이대로라면 정 소협을 잃는 것은 물론이고 제갈세가마저 의뢰를 철회할지도 모릅니다."

알고 있다.

미적거릴 상황이 아니란 것도.

삼절표랑의 존재가 얼마나 절실한지도.

"하지만 오천 냥일세. 오천 냥이면 최소로 잡아도 우리 만수표국의 오 년 치 순이익이네."

어디 그뿐인가.

"이번 표행에 참가하는 대가로 제갈세가에서 지불한 돈이 천오백 냥인데, 정식 계약도 아니고 표행 한 번 다녀오는 대가로 그 세 배가 넘는 돈을 달라는 게 어디 말이나 될 법한 소린가 말일세."

그럼에도 삼천 냥을 준비했었다.

당장의 이익은 포기하고서라도, 이익은커녕 막대한 손해를 감수하고서라도 반드시 잡아야 한다 그리 판단했었다.

하지만 임시 계약에 오천 냥은 해도 해도 너무한 것이었다.

"그래도 어쩌겠습니까? 지금으로서는 달리 방법이 없습니다. 이러다 자칫 정 소협을 다른 표국에 빼앗기기라도 하는 날이면 겨우 안정을 찾은 표국이 다시금 존폐의 위기로 내몰리게 될 것입니다."

"차라리 지금이라도 다시 정 소협을 만나 사정을 해 보는 것이 어떻겠는가?"

"그럴 여지가 있는 일이었다면 양윤을 보내든가 우리를 직접 찾아오든가 했지, 저렇듯 무언의 시위를 벌이지는 않았을 것입니다."

아닌 게 아니라, 양윤으로부터 루하가 내건 조건을 듣고 줄기차게 루하를 찾아가 사정을 했었다. 하지만 그럴 때마다 루하의 반응은 딱 하나였다.

'양씨 아저씨하고 이야기하세요.'

아예 대화조차 제대로 나누려 하지 않던 루하였다.

다른 표국과의 이야기가 상당히 진척된 지금, 이제 와 새삼 마음이 바뀌었을 리가 없는 것이다.

"정말 방법이 없는 건가?"

"당장 오천 냥은 큰돈이지만 제갈세가의 표행에 참여해서 얻게 되는 무형의 이익과 참여하지 못해서 잃게 되는 막대한 손해를 생각하면 우리로서는 사실 선택의 여지가 없는 일입니다. 그걸 알기에 정 소협이 이런 터무니없는 조건을 제시한 것이 아니겠습니까?"

알고 있다.

조철중이라고 그러한 현실을 어찌 모르겠는가.

하지만 그럼에도 오천 냥이라는 거액 앞에서는 좀처럼 대범해질 수도, 이성적으로 행동을 할 수도 없다.

"그때…… 담판을 지었어야 했는데……."

처음 루하에게 정식 계약을 제시했던 그날, 삼백 냥이 아니라 천 냥이든 이천 냥이든 원하는 대로 다 주고서라도 루하를 붙잡았어야 했다.

그러지 못하고 안일하게 대처했던 것이 천추의 한으로 남는다.

더 답답한 노릇은 이 지경이 되어서도 루하의 속을 제대로 알지 못하고 있다는 사실이다.

"오천 냥을 요구해 온 걸 보면 분명 자신의 가치를 정확히 파악하고 있다는 것인데, 난데없이 허드렛일을 하는 건 뭐고 표행에 표사가 아니라 쟁자수로 참여하겠다는 건 또 뭐란 말인가?"

이거야 원, 도대체가 종잡을 수가 없는 인간이다.

그러니 그 속을 짐작할 수도, 적당한 타협안을 내밀 수도 없다.

"말이 나왔으니 말이네만, 대체 왜 쟁자수로 참여하겠다는 건가?"

답답한 마음에 곡운성에게로 질문을 던져 보지만 곡운성이라고 그 답을 알 리가 없다.

다만 그래도 나름의 추측은 해 보았다.

"어쩌면 자신의 신분이 드러나는 걸 꺼리는 것일 수도 있습니다."

"신분이 드러나는 걸 꺼리다니? 그럴 리가 없지 않은가? 삼절표랑이라 하면 이미 천하가 다 아는 이름인데 새삼……."

"하지만 정 소협의 정체를 아는 사람은 아무도 없지 않습니까? 그의 신분도, 그의 출신도, 심지어 정루하라는 이름조차 과연 진짜 이름인지 아닌지 모르는 일이 아닙니까? 아니, 애초에 신분을 숨기고 쟁자수로 들어온 만큼 오히려 그 이름은 가짜일 가능성이 훨씬 더 높습니다."

"흠……."

"정말 정 소협에게 뭔가 신분을 숨겨야 할 만한 사정이 있는 거라면, 굳이 쟁자수로 참여하고 싶어 하는 이유가 설명이 됩니다. 표사로서 사람들의 이목을 끌고 집중을 받는 것을 부담스러워하는 것일 수도 있으니까요."

지난 보름 동안 생각에 생각을 거듭한 끝에 내린 추론이었다.

그런 만큼 충분한 설득력을 가지고 있었다.

"그렇기에 더더욱 정 소협을 잡아야 합니다. 소문대로 정 소협이 정말 구대문파나 북해빙궁 같은 곳과 관계가 있다면 그 연줄만으로도 오천 냥의 가치는 충분히 하고도 남습니다."

"하나 그 반대일 수도 있지 않은가? 신분을 숨겨야 할 이유란 것이 무서운 적으로부터 목숨의 위협을 받고 있어서라면 자칫 우리마저 위험에 처할 수도 있는 일이 아닌가 말이네.”

“그렇지는 않을 것입니다. 홍염마수 때도 그렇고 삼원표국에서의 사건도 그렇고, 불가피한 상황이었다고는 해도 정 소협의 실력이라면 혼자서 얼마든지 몸을 피할 수 있었습니다. 그랬다면 숨겨 온 실력이 탄로 나지도 않았을 테고 지금처럼 유명해지지도 않았을 것입니다. 그런데도 정 소협이 손수 해결을 한 것은 적어도 적으로부터 목숨의 위협을 받고 쫓기는 상황은 아니라는 것이 아니겠습니까?”

하긴 그렇다.

쫓기는 신세라면 이렇게 온 세상을 시끌벅적하게 만들어 놓고 지금껏 태연히 이곳에 머물러 있지는 못했을 것이다.

조철중의 고민이 깊어졌다.

하지만 이번만큼은 그 고민이 길지 않았다.

“양윤을 불러오시게.”

더는 뒤로 미룰 수 없다.

이제는 정말 결단을 내려야 하는 순간이었다.

“하면 정 소협의 요구를 받아들이시는 것입니까?”

“자네 말대로 선택의 여지가 없는 일 아닌가? 정 소협이 저렇게까지 나오는데, 여기서 더 대답이 늦어지면 그땐 돈이 문제가 아니라 정 소협의 마음이 먼저 떠나 버릴 것이네. 후회는 한 번이면 족한 것이 아니겠는가?"

오천 냥이면 만수표국의 기둥뿌리가 휘청거릴 정도의 거액이다.

그러나 이대로 루하를 놓치게 된다면 만수표국은 기둥뿌리가 뽑히는 것은 물론이고 서까래가 내려앉아 지붕마저 무너지고 말 것이다.

루하가 달라면 달라는 대로 요구 조건을 들어주는 수밖에 없다.

그것만이 만수표국이 이 거친 바닥에서 살아남을 수 있는 유일한 길인 것이다.

그렇게 조철중이 쓸개라도 씹는 듯한 얼굴로 체념하고 항복을 선언하던 그 무렵, 자신이 아무런 의도 없이 행한 행동 하나가 그렇게까지 큰 파장을 일으키고 있을 줄은 꿈에도 생각 못 한 루하는 그저 간만에 맛보는 심심풀이 노동에 한껏 몰두하고 있었다.

하지만 그다지 유쾌하진 못했다.

불편했다.

역시 예전과 같을 수는 없나 보다.

무겁던 표물이 공깃돌처럼 가벼워진 만큼 그는 달라졌

고, 그렇게 달라진 그를 동료 쟁자수들은 다르게 대했다.

어려워했고 멀리했다.

심지어 고까운 눈으로 귀찮은 불청객 보듯 하는 자들도 있었다.

그리해 동료들과 스스럼없이 어울려 흘리는 땀도 없었고, 일을 마치고 동료들과 격의 없이 나누는 한잔 술의 회포도 없었다.

"사람들이 말이야, 말이라도 좀 같이 가자 해 주면 안 되냔 말이지. 이건 마치 내가 따돌림이라도 당하고 있는 것 같잖아?"

그들의 입장이야 충분히 이해는 한다마는 그래도 빈정 상하는 것은 어쩔 수 없었다.

"성질나는데 가서 한번 꼬장이라도 부려 봐?"

괜히 심통이 나서 그런 생각도 했지만 이내 고개를 저었다.

명색이 삼절표랑이다.

진상도 사람 봐 가면서 부려야지 고작 쟁자수들한테 추태를 부려 봐야 체면만 깎일 뿐이다.

'아무렴, 그네들과 난 이미 사는 세계가 다르니까.'

그건 그가 쟁자수로 살겠다 결심을 했다고 해서 달라지지 않는다.

황제의 핏줄이라고 해서 다 같은 황족이 아니듯이 쟁자수라고 해서 다 같은 쟁자수가 아닌 것이다.

루하는 이내 마음을 접고 집으로 향했다.

그런데, 이튿날 아침이었다.

양윤이 그를 찾아왔다.

"오천칠백 냥이네. 시간이 조금만 더 있었으면 이 이상도 충분히 받아낼 수 있었을 텐데……."

오천 냥짜리와 칠백 냥짜리 전표 한 장씩을 내밀며 양윤이 심히 아쉽다는 듯 입맛을 다셨다.

하지만 루하는 오히려 놀랍다는 듯 감탄사를 토했다.

"우와! 정말 오천 냥을 받아오신 거예요?"

"자네가 오천 냥이라 하지 않았나?"

"설마 진짜로 오천 냥을 다 받아올 줄은 몰랐죠. 정식 계약이라면 또 모르지만, 표행 한 번에 오천 냥을 달라는 게 어디 말이나 될 법한 소리냐구요. 만수표국에서 삼천 냥을 준비했다고 하니까 그 정도만 받아 내도 대박이라고 생각하고 있었는데, 우와! 오천 냥도 아니고, 거기서 칠백 냥이나 더 받아 내신 거잖아요!"

믿기지 않는다는 듯 전표를 들고 연신 앞뒤를 돌려보는 루하를 보며 양윤은 조금 어이가 없었다.

'오천 냥에서 한 푼도 물러서지 않을 것같이 굴더니만, 뭐? 삼천 냥만 받아도 대박이었을 거라고? 내가 그동안 뭣 때문에 그렇게 발에 땀이 나도록 뛰어다녔는데…….'

허탈하고 기운이 빠진다.

그런 양윤의 심정을 아는지 모르는지 루하가 신기해하며 물었다.

"대체 어떻게 받아내신 거예요? 만수표국 사정이야 빤하잖아요?"

"빤하지. 그래서 만수표국의 표국 건물은 물론이고 조표국주의 처가 선산까지 저당을 잡았다고 하던데?"

"그러니까요. 그 큰돈을 어떻게 받아 내신 거예요?"

"그거야 다 자네 덕분이지. 자네가 절묘한 때에 그런 한 수를 보여 주지 않았다면 꽤나 애를 먹었을 것이네. 정말이지 나도 자네의 기지에는 아주 탄복했다네. 어떻게 그런 기막힌 묘수를 생각해 냈는가?"

"무슨 말씀이세요? 절묘한 때는 뭐고 기막힌 묘수는 또 뭐예요?"

루하가 어리둥절해하자 양윤도 덩달아 어리둥절한 표정을 했다.

"정말 몰라서 그러는가?"

"그러니까 제가 뭘 했는데요?"

“어제 만수표국에 가서 짐을 날랐다면서?”

“그랬죠. 근데 그게 왜요?”

“그게 왜요라니? 자네의 그 무언의 시위 때문에 조 표국주가 극심한 압박을 느끼다 못해 결국 항복 선언을 한 것인데…… 정말 그럴 의도가 전혀 없었나?”

“거참, 무슨 말씀을 하시는지 모르겠네요. 전 그냥 심심해서 몸이나 풀러 간 것뿐이에요.”

이젠 어이가 없다 못해 황당하기까지 하다.

조철중으로부터 오천 냥이나 되는 거금을 토하게 만들어 놓고 그게 단지 심심풀이로 한 일이라니?

‘소 뒷걸음질에 쥐가 밟힌다더니…….’

아니, 아니다.

소 뒷걸음질에 쥐가 밟히는 것이야 그저 우연에 불행이 겹쳐진 것뿐이다.

그러나 이 일은 우연도 불행도 아니다.

그 심심풀이 소일거리조차 갖은 억측과 오해를 불러일으키는 것.

그것이 지금 루하의 이름값이고 존재감인 것이다.

‘고작 심심해서 몸이나 풀려고 한 일에 놀라서 오천 냥을 가져다 바친 꼴이니 조 표국주가 이 사실을 알게 되면 과연 어떤 반응을 보일지…….’

아마도 다시는 보기 힘든 진귀한 광경이지 않을까?

아무튼 새삼 달라진 루하의 위상에 감탄하게 된다.

다만 새삼 감탄하고 있는 것은 양윤만이 아니다.

"근데 아저씨, 정말 하급 관리셨어요?"

"……?"

"아니, 아저씨 수완이면 일국의 재상을 해도 부족하지 않을 것 같아서요."

아닌 게 아니라, 옆에서 지켜본 양윤의 수완은 정말이지 대단했다.

이번 표행에 참여하는 게 만수표국에 얼마나 이득이 되는지 철저한 계산과 논리로 설득에 나서는가 하면, 달콤하고 매력적인 감언이설로 조철중의 허영을 부추기기도 하고, 루하를 놓쳤을 경우 만수표국이 입게 될 타격이 어느 정도일지 들먹이며 협박과 위협으로 조철중을 몰아붙이기도 했다.

그뿐이랴.

다른 표국의 표국주들과 은밀히 접촉을 하면서 짐짓 뭔가 밀약이라도 이루어지는 듯한 분위기를 풍기는가 하면, 평소 친분이 있는 서기들을 통해 은근슬쩍 '어디에서 얼마를 제시했더라' 라는 말을 흘려 조철중을 전 방위적으로 압박하기도 했다.

거기에 어제의 심심풀이가 더해져 오천칠백 냥이라는 거금이 루하의 수중에 들어오게 된 것이다.

“재상이라니…… 당치도 않은 말씀이네. 내 주제에 무슨…….”

“아뇨. 저 진짜 아저씨 다시 봤어요. 어쩜 그렇게 일 처리가 능수능란해요? 아주 능구렁이가 따로 없던데요? 만일 제가 조철중이었다고 해도 꼼짝없이 처가 선산 팔았을걸요? 처가 선산이 뭐예요, 처자식이라도 팔지 않고는 못 배겼을걸요?”

세 치 혀가 그 어떤 명검보도(名劍寶刀)보다 날카롭고 강하다는 말이 새삼 피부로 와 닿을 지경이었다.

“허허. 과찬일세, 과찬이야. 너무 칭찬이 과하니 이거 몸 둘 바를 모르겠구만.”

“과찬 아니라니까요. 제가 언제 남 칭찬에 과한 거 보셨어요? 아저씨, 그러지 말고 이 참에 그냥 쟁자수 관두고 제 일 좀 도와주시는 건 어때요?”

루하가 불쑥 꺼낸 말에 양윤이 의아해한다.

“자네 일을 도와 달라니?”

“그냥 딱 까놓고 말씀드릴게요. 제 밑에서 일 좀 봐 주세요. 돈 관리도 해 주시고 이런저런 잡무도 봐 주시고, 이번 일처럼 제가 직접 나서기 곤란한 일은 아저씨가 저 대신 협상도 해 주시고.”

“그러니까…… 이를테면 자네 개인 집사를 해 달라는 건가?”

“뭐, 개인 집사라 할 수도 있고 대리인이라 할 수도 있고, 혹시 나중에 제가 일가를 이루게 되면 총관이라 할 수도 있겠고……. 이름이야 어떻든 무슨 상관이겠어요. 그냥 제 사람이 되어 달라는 거죠.”

“가신…… 말인가?”

“가신이라고 하면 너무 거창하지만…… 이를 테면 뭐 그런 거죠. 제가 너무 건방진 말씀을 드리는 건가요?”

“그건 아니네.”

“하긴, 그렇긴 하네요. 제가 삼절표랑으로 유명해졌다고는 해도 바로 얼마 전까지만 해도 아저씨랑 같은 동료 쟁자수였으니까. 게다가 나이도 새파랗게 어리고. 제 말씀이 당돌하게 들릴 수도 있겠죠.”

“전혀 그렇게 들리지 않네.”

물론 듣기에 따라선 당돌한 정도를 넘어서 아주 시건방지게 들릴 수도 있을 것이다.

하지만 지금 양윤에겐 루하의 그 요구가 지극히 자연스럽게 들렸다.

이번 일을 진행하는 동안 여러 표국의 표국주들을 만나

보면서 삼절표랑의 위상을 새삼 깨닫게 되었다. 그것은 단지 소문으로 들었을 때와는 확연히 다른 존재감이었다.

인정하지 않을 수 없었다.

"자넨 더 이상 내 동료 쟁자수가 아니니까. 이젠 엄연한 산서성 최고의 표사고 당금 무림에서 가장 촉망받는 무림의 후기지수니까. 비록 아직 일가를 이루기에는 어리다 할지라도 가신을 두는 것이 결코 흉이 될 수는 없는 사람이지. 삼절표랑이 가신을 두겠다는데 어느 누가 이를 당돌하다 말하겠는가?"

오히려 그 말을 듣는 순간 양윤은 가슴이 뜨거워지는 것을 느꼈다.

지난날 청운의 꿈을 안고 벼슬길에 올랐지만, 실력으로는 넘을 수 없는 출신의 벽과 노력으로는 이길 수 없는 돈과 연줄의 한계에 부딪쳐 좌절하고 절망했다. 그렇게 방탕으로 접어야 했던 젊은 날의 꿈이, 사내로서의 야심이 지금 이 순간 다시금 꿈틀거리며 가슴을 뜨겁게 달구고 있었다.

"그럼 절 도와주시는 거예요?"

"어차피 쟁자수 일은 관둘 생각이긴 했네만……."

"아, 그거라면 아주머니께 저도 들었어요. 이번 일만 잘 성사시키고 나면 다 때려치우고 장사나 하실 생각이었다면서요?"

“자네가 약조한 돈이면 작은 주루 하나는 차릴 수 있을 테니까. 애초에 쟁자수 일은 내 체질에도 맞지 않았고.”

“하지만 장사란 게 그렇게 만만한 일은 아니잖아요. 괜히 섣불리 덤벼들었다가 패가망신해서 거리에 나앉는 사람이 어디 한둘이냐고요. 내가 보기에 아저씨는 유능한 정치꾼은 될 수 있어도 뛰어난 장사꾼은 되지 못할 사람이에요. 아주머니도 그것 때문에 걱정이 많으시던데요?”

장사꾼 기질이 없다는 건 누구보다도 양윤 자신이 더 잘 알고 있다.

정치와 장사는 비슷한 듯하면서도 다르다.

정치는 웃는 것에서부터 시작하고 장사는 허리 숙이는 것에서부터 시작한다고 했다. 장사꾼을 하기에 양윤의 허리는 그리 유연하지가 못했다.

때문에 그렇잖아도 고민이 많던 참이었다.

과연 자신이 잘할 수 있을지, 이러다 정말 처자식 굶기는 거나 아닌지 덜컥 겁이 나기도 했다.

그런 차에 루하로부터 이런 제안이 들어온 것이다.

‘내가 가장 잘 할 수 있는 일이긴 하지.’

그가 가장 하고 싶어 했던 일이기도 했다.

이번 일을 진행하면서 잠깐 동안이나마 신나고 즐거웠다.

조금 과장되게 말하면 비로소 살아 있다는 느낌을 받았다.

돈에 대한 욕심에서 시작한 일이긴 했지만, 정작 일을 하는 동안은 자신에게 떨어질 성과급 따위는 까맣게 잊고 정말로 순수하게 이 일에만 몰두했다.

사실 깊이 생각할 것도, 오래 고민할 일도 아니었다.

"그래서…… 보수는 어떻게 되는가?"

물론 좋아하는 것과 돈은 별개의 문제다.

루하도 이미 생각해 둔 것이 있기에 그 즉시 대답했다.

"일단 한 달에 열 냥으로 하죠. 물론 앞으로 아저씨가 하는 거 봐서 더 올려 드릴 수도 있고, 이번 일처럼 실적을 올리시게 되면 당연히 그에 따른 성과급도 지급될 거예요."

루하가 자신의 앞에 놓인 두 장의 전표 중 칠백 냥짜리를 양윤에게 내밀었다.

"육백사십 냥은 약속한 아저씨 몫의 성과급이고 육십 냥은 앞으로 반년 치의 임금이에요. 이 정도면 꽤 후한 조건 아니에요?"

후한 정도가 아니라 눈가에 가는 경련이 일어날 만큼 파격적인 조건이다.

한 달 동안 고생해서 표행을 다녀와 봐야 기껏 은자 두 냥도 안 된다.

한 달에 열 냥이면 웬만한 표사들에 준하는 대우였다.

어찌 마다할까?

오히려 혹여 루하의 마음이 바뀌기라도 할까, 마치 매가 먹이를 낚아채듯 번개처럼 전표를 집어 들어 후다닥 품에 갈무리하는 양윤이다.

그러고 나서야 뒤늦게 물었다.

"한데 내게 달리 시키실 일이라도 있는가?"

"왜요?"

"자네처럼 계산에 밝은 사람이 내게 공으로 반년 치의 임금을 줄 리가 없잖은가?"

"하긴 그렇죠. 음…… 닷새 후에 출발할 거라고 했죠?"

"정확히는 나흘 후지. 집결 시간까지는 스무하루가 남았고 여기서 장북까지는 넉넉잡아 보름. 조금 일찍 출발해서 여유를 둘 생각이라고 하더군."

제갈세가를 비롯해서 대륙의 기라성 같은 표국들이 모두 모이는 자리였다. 빠듯하게 출발해서 혹시라도 늦게 도착하면 낭패도 그런 낭패가 없는 것이다.

"여기서 나흘 후에 출발, 장북에서 집결한 다음에 제갈세가가 있는 합비까지 다녀오려면 적어도 반년은 잡아야 할 테고……."

잠시 계산을 해 보던 루하가 불쑥 오천 냥짜리 전표마저 양윤에게 내민다.

“그동안 이 돈으로 집이나 좀 알아봐 주세요.”

“집?”

“예. 최대한 크고 화려한 걸로요.”

“하긴, 지금 사는 집은 삼절표랑의 거처로는 어울리지 않지.”

단지 지금 사는 집이 삼절표랑과 어울리지 않아서만은 아니었다.

난생처음 만져 보는 일확천금에 눈이 돌아가서 사치하는 마음이 생겨난 것도 아니었다.

표사가 아닌 쟁자수로 살기로 했다.

표사보다 높이 대접받고 표사보다 돈도 더 잘 벌고 표사보다 더 존경도 받는 쟁자수.

하지만 아무리 실력이 뛰어나다고 해도 결국 쟁자수는 쟁자수다.

쟁자수라는 그 이유 하나만으로도 그를 무시하고 깔보는 자들은 생겨나기 마련이다.

그래서 생각했다.

아예 돈으로 눌러 버리자고.

모름지기 인간은 돈 앞에서 서로 시기하고 헐뜯고 욕은 할망정 무시하고 깔보지는 못하니까.

"누가 보더라도 입이 떡 벌어질 만큼 크고 화려한 집으로 구해 보세요. '쟁자수 주제에 돈은 지랄같이 많네.' 라는 말을 들을 정도로 대궐같이 으리으리한 집으로요. 음…… 돈이 부족하려나? 돈이 부족할까요?"

"대궐같이 으리으리한 집을 사기에는 오천 냥으로는 부족하긴 하겠지. 하나, 어차피 집을 사는데 당장 전액을 감당할 필요야 없는 것이니 차차 나눠서 지불하거나 자네 이름으로 융자를 받아도 되는 것이네만…… 그런데 정말 이 큰돈을 나한테 맡겨도 되겠는가? 나를 어찌 믿고?"

대궐같이 으리으리한 집을 사기에는 부족한 돈일지 모르지만 양윤 일가가 평생을 배부르게 먹고 살기에는 충분한 돈이다.

"내가 재물에 눈이 뒤집혀 이 돈을 가지고 도망이라도 가 버리면 그땐 어쩌려고? 자넨 나란 사람의 양심을 믿는가?"

"아저씨 양심이요? 당연히 안 믿죠! 내 양심도 못 믿는 판국에 다른 사람 양심을 어떻게 믿어요?"

"그런데 어찌하여 이 큰돈을 이리도 선뜻 내게 맡기시는가?"

"아저씨 양심은 안 믿어도 아저씨 머리는 믿으니까요."

루하가 대수로울 것도 없다는 듯 씨익 웃어 보이며 말을

이었다.

“아저씬 저에 대해서 아무것도 모르시잖아요. 일개 쟁자수였던 제가 어떻게 하루아침에 삼절표랑이 될 수 있었는지, 제 뒤에 뭐가 있는지, 정루하라는 녀석의 진실된 정체가 과연 무엇인지 아는 거라곤 쥐뿔만큼도 없으시잖아요. 확실한 것이 아무것도 없는데 무턱대고 그런 일을 벌여요? 아저씨가요? 아저씨처럼 소심한 사람이요? 아저씨한테 그런 배포가 있었다면 지금 아저씨는 여기에 계실 게 아니라 황궁 가장 높은 곳, 만인지상 일인지하의 자리에 앉아 있거나 일찌감치 참형을 당해 벌써 형장의 이슬로 사라졌거나 둘 중 하나였을걸요?”

“…….”

“그리고 무엇보다, 제가 믿는 것은 아저씨가 아니라 아주머니예요. 아무리 돈이 좋아도 당신 자식들을 도적의 자식으로 만드실 분이 아니니까요.”

양윤은 루하의 말에 아무런 반박도 하지 못했다.

반박은커녕 저도 모르게 덩달아서 고개를 끄덕끄덕할 정도로 자신에 대해서도, 자신의 가족들에 대해서도 참 속속들이 잘 알고 있는 루하다.

그래서 조금 감동했다.

루하는 자신을 믿지 않는다 했지만, 자신에 대해 속속들이 알고 있으면서도 오천 냥이라는 거금을 선뜻 내민 것은 다른 의미로 그만큼 깊이 믿는다는 뜻이기도 한 것이다.

양윤은 그제야 오천 냥을 받아 품속에 갈무리했다.

"알겠네. 맡겨 주시게. 요즘처럼 시국이 어수선한 때야말로 집이나 땅을 사기에 가장 적합한 때지. 발품을 좀 팔면 분명 자네 마음에 흡족한 집을 구할 수 있을 것이네."

"그거야 뭐 아저씨가 어련히 알아서 하실 테고…… 그보다, 명단은요?"

"그거라면 여기 있네."

양윤이 종이 한 장을 루하에게 건넸다.

펼쳐 보니 낯익은 이름들이 적혀 있었다.

스물여덟 명.

표국주 조철중을 포함한 표사가 열 명, 자신을 포함한 쟁자수가 열여덟 명이다.

第二章

나는 아직 잊지 않았다

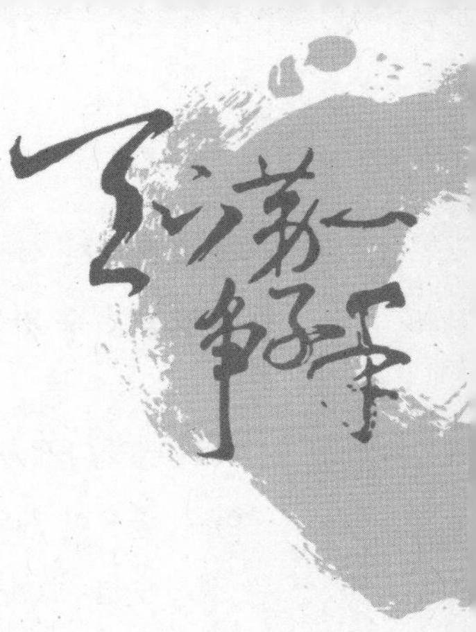

"이번 표행에 참여하게 될 자들의 명단이네. 별다른 변동 사항이 없으면 오늘 오후에 정식으로 공표를 할 거라더군."

"많네요."

"많지. 이번 표행에 참가하는 표국 수가 총 열여섯이고 각 표국마다 차출되는 표사의 수가 적게는 열에서 많게는 서른 명에 이른다고 하니……."

"쟁자수는 그보다 더하겠죠."

"아무래도 쟁자수의 수에는 제한을 두지 않았으니까."

제갈세가에서 내건 쟁자수 선별 조건은 간단했다.

각 표국에서 십 년 이상을 일한 자들 중 표국주가 그 신원을 보증할 수 있는 자들일 것.

딱히 유별나게 까다로운 조건은 아니었다.

아주 중요한 물건이거나 보안이 철저히 지켜져야 할 경우 쟁자수들의 신원까지 세세하게 따지는 고객이야 이번 제갈세가 외에도 더러 있었다.

문제는 역시 숫자에 제한을 두지 않았다는 점이다.

"만수표국이야 그 조건에 부합되는 쟁자수가 자네를 제외하고 열일곱뿐이었지만 다른 곳은 서른 명이 될 수도, 마흔 명이 될 수도 있지."

"그보다 더 될 수도 있구요. 아무리 못 잡아도 표사들보다는 그 수가 훨씬 많을 테죠."

"최소로 잡으면 삼백, 많으면 오백이 훌쩍 넘겠지."

새삼 표행의 규모가 놀랍다.

"대체 얼마나 대단하고 얼마나 어마어마한 물건이기에 그 많은 인원을 동원하는 것인지……."

생각하면 할수록 의문만 커진다.

"소문에는 혈마동의 보물일 거라고 하더군. 규모만 보자면 혈마동의 보물이 아니라 숫제 혈마동을 통째로 옮기려는 것 같긴 하네만."

"위험하겠죠?"

"위험하겠지."

지금은 입에 담는 것조차 금기시되고 있는 혈교였다.

그 무시무시한 혈교와 관계된 물건이라는 것.

남궁세가의 눈을 피하고자 한다는 것.

그리고 팔공산을 넘는다는 것.

어느 하나 의심스럽지 않은 것이 없고 어느 하나 위험하지 않은 것이 없다.

그럼에도 루하가 선뜻 이번 표행에 참여하기로 한 것은 물론 일차적으로는 돈 때문이지만, 또 하나는 제갈세가라는 이름을 믿은 때문이었다.

작금의 무림에서 육대가문의 이름이 녹림십팔채와 팔공산보다 못한 것은 사실이지만 명색이 공명의 후예라고 자처하는 제갈세가라면 아무 대책 없이 무턱대고 일을 진행하지는 않았을 거라는 믿음.

'거기다 각 표국의 정예 표사들로 그 진용까지 갖췄고.'

그 정도면 안심을 해도 될 것 같았다.

'그건 그렇고…….'

이건 뭘까?

표행에 참여할 명단을 훑어 가던 루하가 돌연 눈살을 찌푸렸다.

"이자가 왜 여기에 있죠?"

"이자라니? 누구 말인가?"

"여기 이자 말이에요. 이 재수 없는 인간!"

루하가 짜증스레 명단 속 이름 하나를 가리켰다.

임오연.

지난번 표행에서 아주 노골적으로 그를 괴롭혀 댔던 신입 표사.

'내가 왜 이 인간을 잊고 있었지?'

잊고 있었다.

결코 시간이 지난다고 지워질 기억이 아닌데도.

결코 시간이 지난다고 흐지부지 넘어갈 성격이 아닌데도.

갑작스럽게 변해 버린 환경에 이래저래 정신이 없어서 정말이지 까맣게 잊어버리고 있었다.

하지만 임오연이란 이름을 보자마자 지난날의 모멸감이, 그때의 분노가 고스란히 되살아난다.

"왜 신입 표사 따위가 이 명단에 올라 있는 거예요? 만수표국 최고의 표사들로 꾸려지는 거 아니었어요?"

"그야 당연히 임 표사의 실력이 만수표국에서 열 손가락 안에 드니까……."

"예? 이자의 실력이 그렇게 뛰어나요?"

"요 근래 들어 만수표국에 여러 일들이 있었잖은가. 그

와중에 실력 있는 표사들이 여럿 죽었고, 이철심 표두마저 벽악채의 도적들 칼에 목숨을 잃었으니…… 아무튼 그 바람에 임 표사의 차례까지 온 거지. 사람이 좀 경박한 면이 있어서 그렇지, 실력만큼은 신입 표사들 중에선 단연 으뜸이니까."

양윤의 말을 듣는 루하의 표정이 곱지 못했다.

이 재수 없는 인간이 뛰어난 실력을 갖추고 있다는 것이 괜히 기분이 나빴다.

"인성과 실력은 그다지 비례하지 않나 보네요."

"그래도 요즘은 사람이 많이 수더분해졌네. 자네의 일이 꽤나 충격적이었던 모양이야."

"그래 봤자죠. 사람이 바뀌었다고 지은 죄가 사라지는 건 아니니까."

개과천선?

사람이 골백번 달라져 본들 무슨 소용이랴.

이미 자신의 마음에 새겨진 그날의 모멸감과 분노는 하나도 변하지 않았는데.

대인배인 척 삭히고 묻어 둘 생각이 눈곱만큼도 없는데.

모름지기 뒤끝 작렬에 밴댕이 소갈딱지의 대명사 정루하가 아니던가!

'받은 건 두 배로 돌려주지 않으면 직성이 안 풀린다, 이

말이지!'

*　　　*　　　*

그날, 임오연은 기분이 좋았다.

만수표국에서 제갈세가의 표행에 참여할 표사들의 명단이 발표된 때문이었다.

사실 그도 크게 기대하지는 않았다.

그 자체로 명예가 되며 명성이 되는 만큼 표사라면 누구나 바라마지 않는 일인 건 사실이다. 하지만…….

'설마 나한테까지 차례가 오겠어?'

만수표국의 표사들 사이에서 경쟁을 하기에는 실력 면에서도 열 손가락 안에 든다 장담할 수 없을뿐더러, 무엇보다 나이나 경력이 너무 부족했다.

조철중의 입장에서 보면 실력이 엇비슷하거나 조금 부족하다고 해도 십 년 이십 년 만수표국에서 한솥밥 먹은 표사들에게 기회를 더 주고 싶은 것이 인지상정인 것이다.

'그래야 뒷말도 덜 나올 테고.'

자신이 조철중이라도 표국의 사활이 걸린 이 중대사에 신입 표사를 뽑지는 않을 것 같았다.

그래서 포기하고 있었다.

조금 전 발표된 명단에서 임오연이란 이름 석 자를 보기 전까지.

포기하고 체념했기에 그 환희는 더 컸다.

그야말로 기분 째지는 순간이었다.

세상을 다 가진 것 같은 기분이었다.

그리해 마셨다.

친한 동료 표사들의 축하 속에서.

아주 코가 삐뚤어지도록.

하지만 그의 환희는 딱 거기까지였다.

바로 그날 루하와 만나 버린 것이다.

그것도 절대로 밟지 말아야 하는 금기의 땅에서.

바로 이 골목이다.

이 골목길에서 루하와 처음 만났고 천박이니 저열이니 하며 루하를 배신자 취급했다.

심지어는 '내 눈에 띄지 않는 게 좋을 거야. 다시 한 번 내 눈앞에서 알짱거리면 그땐 나도 내가 어떻게 할지 모르겠으니까. 알아들어?' 라며 면전에다 가래침까지 뱉었다.

감히 홍염마수를 맨주먹으로 때려잡은 삼절표랑에게.

단신으로 삼원표국을 발칵 뒤집어 버린 무림의 초신성에게.

왜 그랬을까?

'줄곧 잘 피해 다녔는데…….'

어떻게든 루하와 마주치지 않기 위해 살얼음판 위를 걷듯 그렇게 한 발짝 한 발짝 조심하며 표국을 오갔다. 특히 이 골목길은 아예 근처에도 오지 않았었다.

'그랬는데 왜 하필이면…….'

너무 취한 탓이다.

너무 취해서 '이번 한 번쯤이야 괜찮겠지' 그런 안일한 생각을 해 버렸다.

설혹 지금처럼 삼절표랑과 재수 없게 마주친다 해도 뭐 어떠랴 하는 생각도 했다.

'어차피 표행이 시작되면 보기 싫어도 볼 수밖에 없는데, 뭐.'

어차피 한 번은 겪어야 할 일, 그걸 조금 더 일찍 겪는다고 해서 그게 무슨 대수랴 싶었다.

하지만 완전한 착각이고 착오였다.

지금 이렇게 단둘이 만나는 건 전혀 대수롭지 않은 일이 아니었다.

무리에 섞여 만나는 거와는 차원이 달랐다.

루하의 야릇한 미소에 머리털이 곤두선다.

루하의 지긋한 시선에 숨이 턱 막혀 온다.

마치 얼음물을 뒤집어쓴 것처럼 취기마저 말끔히 사라졌다.

그도 그럴 것이, 지금 이 순간 임오연의 뇌리를 가득 채우고 있는 것은 맨주먹으로 홍염마수를 때려잡던 그 잔혹하고 살벌했던 기억이었다.

그래서 무서웠다.

"오! 이거 임 표사님 아니세요?"

짐짓 반갑게 건네 오는 인사마저 등허리를 서늘하게 만든다.

"그, 그간 안녕하셨습니까? 정 소협……."

"저야 뭐 안녕하지 못할 일이 뭐 있겠어요? 그러는 임 표사님은 그동안 잘 지내셨어요?"

"저, 저도 별 탈 없이 잘……."

"근데 이 늦은 시간에 어딜 가시는 길이세요?"

"국주님께서 부르셔서 표국에 들어가는 길입니다."

"국주님이요? 왜요?"

"잘은 모르겠습니다만, 제갈세가의 표행에 참여하는 표사들을 모두 부르시는 것으로 보아 그 일로 당부하실 일이 있으신 것 같습니다."

"음…… 그거 전갈이 좀 잘못 간 거 같은데요?"

"예?"

"제갈세가의 표행에 참여하는 표사들을 부르시는 거라면서요? 근데 임 표사님은 제갈세가의 표행에 참가하지 못

하실 테니까…….”

“그게 무슨……?”

“그렇잖아도 저 방금 국주님 만나고 오는 길이거든요.”

“……?”

“제갈세가의 표행에 임 표사님은 빼 달라고 말씀드렸거든요. 국주님도 흔쾌히 그러겠다고 하셨고. 그러니 전갈이 잘못 간 거죠. 제갈세가의 표행에 관련한 일을 전달하는 그런 자리에 임 표사님이 갈 이유가 없으니까요.”

이게 다 무슨 말인가 싶다.

“그러니까…… 정 소협께서 저를 제갈세가의 표행에서 제외시켰다, 그런 말씀이십니까?”

“그렇죠.”

“대체 왜……?”

“일전에 임 표사님이 그러셨잖아요. 다시는 임 표사님 눈에 띄지 말라고. 그래서 전 그냥 그 말씀에 따른 것뿐이에요. 아시다시피 제갈세가의 표행은 제가 없으면 안 되는 거라서 제가 빠질 수는 없는 노릇이고, 그러니 어쩌겠어요? 임 표사님이 빠져야지. 그래야 제가 임 표사님 눈에 안 띌 거 아니에요?”

임오연은 그제야 루하의 말을 제대로 알아들었다.

자신의 지난 무례를 지금 이렇게 복수하고 있는 것이다.

'케케묵은 일을 가지고 이딴 식으로…… 이런 밴댕이 소갈…….'

울컥 화가 치민다.

하마터면 '이런 밴댕이 소갈딱지야!' 라는 말이 입 밖으로 튀어나올 뻔했다.

하지만 그러기엔 짓궂은 얼굴로 피식피식 웃는 이 얄미운 소년이 너무 무섭다.

"저, 저기 정 소협, 지난번 제가 저지른 결례는……."

"결례요? 무슨 결례요? 아, 지난번에 여기서 저한테 배신자니 뭐니 하면서 제 멱살을 잡고 흔드신 거요? 그게 아니면 지난번 표행 때 저한테 말도 안 되는 심부름이나 시키면서 장난질 치신 거요?"

루하가 지난 일을 하나하나 주워섬길 때마다 등허리가 서늘하게 젖어드는 임오연이다.

"그때 일은 제가 정말 눈이 어두워서……."

"에이, 괜찮아요. 이미 지난 일인데요, 뭐. 그때 임 표사님의 심정도 충분히 이해를 하구요. 동료들이 그렇게 떼죽음을 당했는데 제정신이었을 리가 없잖아요. 정신도 온전치 못한 사람을 상대로 일일이 죄를 따질 만큼 저 그렇게 몰지각한 사람 아니에요."

"……."

"그렇긴 해도…… 아직 이곳에 계실 줄은 몰랐네요. 전 벌써 떠나신 줄 알았거든요. 저라면 절대로 만수표국에 남아 있을 용기가 없었을 테니까요."

지난 죄를 묻지 않을 거라 했지만 사실 루하의 말인즉슨, '감히 내게 그런 죄를 저지르고도 어떻게 아직 이곳에서 발을 붙이고 있는 것이냐?' 라는 추상같은 추궁이었다.

입가에 미소를 걸고는 있지만 그 눈빛 또한 서릿발처럼 차갑다.

겁이 났다.

당장이라도 홍염마수를 때려죽인 그 잔악무도했던 주먹이 자신을 덮쳐들 것만 같았다.

하지만 이 순간 루하의 잔악무도한 주먹보다 그를 더 두렵게 하는 것은 제갈세가의 표행에서 빠지게 될지도 모른다는 사실이었다.

그렇게 떠들썩하게 동료 표사들의 축하를 받았다.

한껏 기세를 타서 낯간지러운 영웅 놀이도 했다.

일평생 말단 표사로 살며 당신의 아들만큼은 최고의 표사가 되기를 염원했던 부친은 마치 과거에 장원급제라도 한 것처럼 동네방네 자랑을 하고 다녔다.

그토록 콧대 높던 표두 진립의 여식은 표행을 무사히 다녀오라며 붉은색 수건을 자신의 손목에 직접 감아 주기까지 했다.

그만큼 제갈세가의 표행은 그에겐 평생 다시없을 영광이자 기회인 것인데, 루하의 말 한 마디에 그 모든 것이 한순간에 끝장나 버리게 생긴 것이다.

"……."

잠깐의 망설임.

하지만 그 망설임은 길지 않았다.

털썩!

그 자리에서 바로 무릎을 꿇었다.

"소협! 지난번에는 제가 고인을 몰라 뵙고 어떤 말로도 용서받을 수 없는 참담한 죄를 지었습니다. 그저 무지하고 눈이 어두워서 그런 것이니 부디 한 번만 너그러이 아량을 베풀어 주십시오. 이번 한 번만 아량을 베풀어 주시면 소협이 하라시는 건 뭐든 다 하겠습니다!"

임오연의 돌발적인 행동에 순간 움찔하는 루하다.

하지만 그것도 잠시, 이내 입가에 걸어 둔 미소마저 지워내고는 차갑게 말했다.

"뭐, 좋아요. 저한테 한 짓은 무지하고 눈이 어두워서 그런 거라고 쳐요. 근데 임 표사님께 억울하게 매질을 당했던 장씨 아저씨는요? 곽청 형님은요? 그분들께는 사과하셨어요? 그 후로 장씨 아저씨가 어떻게 지내시는지는 알고 계세요? 거동도 불편한 몸으로 그래도 먹고는 살아야 해서 무리하게 일을 나섰다가 허리까지 크게 다치신 거는요? 그래서 아직도 병석에 누워 계시다는 거는요? 노부모에 처자식에, 딸린 식구가 여덟이나 된다는 거는요? 장씨 아저씨가 그렇게 누워 계신 때문에 고작 열두 살밖에 안 된 큰아들과 몸도 성치 않은 아주머니가 허드렛일까지 해서 여덟 식구 겨우겨우 입에 풀칠이나 하고 있다는 거는요? 일가족을 그렇게 힘들게 만들어 놓고 사과는커녕 임 표사님은 얼굴 한 번 비춘 적이 없다면서요? 그래 놓고 나한테 너그러이 아량을 베풀어 달라는 말이 지금 입 밖으로 나오세요?"

사실 어제까지만 해도 루하 역시 장씨에 대해서 별로 신경을 쓰지 않고 있었다.

매질을 당했다는 거야 양윤에게 들어 알고 있었지만 사정이 그렇게까지 안 좋은 줄도 미처 몰랐다.

제갈세가의 표행에 임오연이 참가하게 되었다는 소식을 접하고서야 뒤늦게 장씨에 대한 생각이 떠올랐고, 그제야 장씨의 사정을 살피게 된 것이었다.

당연히 장씨의 사정까지 알게 되자 더 화가 났다.

개인적인 원한에 괘씸함까지 더해졌다.

그래서 표국주 조철중을 직접 찾아가 제갈세가의 표행에서 임오연을 빼 버렸지만, 그 정도로는 성이 차지 않았다.

그만큼 지금 루하는 임오연에게 단단히 화가 나 있었다.

"제, 제가 내일이라도 당장 찾아가서 사과를 드리겠습니다."

부랴부랴 꺼내는 임오연의 말에 루하가 콧방귀를 꼈다.

"사과만요?"

"예?"

"임 표사님이 찾아가서 사과 몇 마디 한다고 장씨 아저씨네 사정이 좋아지는 건 아니잖아요?"

"그럼 제가 할 수 있는 최대한의 보상을……."

"당연히 보상은 하셔야죠. 근데 그 보상이란 거, 얼마나 할 수 있는데요?"

순간 임오연의 눈이 바쁘게 움직였다.

머릿속은 그보다 더 빠르게 돌아갔다.

그리해 루하의 눈치를 보며 어렵게 나온 대답은,

"모아 둔 돈이 서른 냥 정도 되는데……."

은자 서른 냥이었다.

임오연 딴에는 정말 크게 부른 것이었다.

은자 서른 냥이면 아직 신입 표사인 그로서는 반년을 안 쓰고 모아야 겨우 벌 수 있는 돈이었다.

하지만 루하의 반응은 '가당찮다' 였다.

"서른 냥이요? 지금 장난하세요?"

"……."

"장씨 아저씨가 언제 다시 일을 할 수 있을지도 모르는 판국에, 고작 서른 냥이요? 그걸로 여덟 식구가 얼마나 버틸 수 있을 것 같은데요? 기껏해야 일 년? 이 년? 흥! 겨우 치료비나 될까 말까 한 금액을 지금 보상이라고 말씀하시는 거예요? 적어도 사람을 그렇게 만들었으면 최소한의 성의는 보여야 할 거 아니냔 말이에요!"

"최소한의 성의라면 얼마를……."

"얼마를 줄 수 있는지는 지금 내가 묻고 있잖아요!"

"하지만 지금 당장 모아 둔 돈이 서른 냥뿐이라……."

"표사 정도면 여기저기 융통할 수 있는 돈 많잖아요! 자꾸 머리 쓰지 말고 진짜 양심껏 말씀해 보세요. 딱 까놓고, 얼마 마련할 수 있어요?"

"그게……."

"딱 까놓고 말씀하시랬죠?"

"오십, 아, 아니, 백…… 냥……."

"좋아요. 삼백 냥이면 그래도 성의 표시는 되겠네요."

"예? 아니 전 백 냥을……."

"삼백 냥!"

"……."

"서두르시는 게 좋을 거예요. 표행 명단에 임 표사님의 이름이 다시 올라가는 것은 보상금이 전해진 후가 될 테니까."

바꿔 말하면 장북으로 출발하기 전까지 보상금이 전해지지 않으면 표행에는 참여하지 못할 거라는 뜻이다.

"단지 제갈세가의 표행만이 아니에요. 분명히 말씀드리는데, 이곳 만수표국을 비롯해서 제 힘이 닿는 곳이라면 어디든 임 표사님이 발 디딜 곳은 없을 거예요. 그러니 어물쩍 넘어갈 생각은 마세요. 표사 일 아예 때려치울 게 아니라면요."

할 말 다 마쳤다는 듯 성큼 걸음을 옮겨 임오연을 스쳐 지나는 루하다.

그런 루하를 보는 임오연은 그야말로 울상이었다.

보상금을 얼마를 줄 거냐고 물어 놓고는 결국 자기 내키는 대로 다 정해 버렸다.

삼백 냥이라니?

게다가 출발이 이제 겨우 나흘 남았는데 그때까지 마련을 하라니?

'무슨 그런 터무니없는…….'

나흘 안에 무슨 수로 삼백 냥을 마련한단 말인가?

집안의 전답을 다 내놓아도 나흘 안에는 마땅한 임자가 나타날 리도 없고, 때가 맞아서 땅이 팔린다고 해도 그걸로 삼백 냥은 어림도 없다.

그렇다고 포기할 수도 없다.

자신의 힘이 닿는 곳 어디에도 발붙이지 못하게 하겠다는 루하의 말이 너무 무서웠다.

단숨에 산서 제일의 표사로 이름을 높인 루하다.

앞으로 얼마나 더 대단해질지 모른다.

자칫하면 정말로 표사 일을 못 하게 될 수도 있는 것이다.

'그럴 순 없어!'

그렇게 되게 내버려 둘 수는 없다.

부친의 아낌없는 지원 속에서 태어날 때부터 오직 최고의 표사가 되는 것이 목표였고 꿈이었던 그였다.

그 하나를 위해 남들보다 두 배 세 배 더 노력해 온 그였다.

표사밖에 없다.

게다가 아무리 노력해도 하찮은 출신의 한계를 벗어나지 못해 자신의 실력이 '표사나 해 먹을 실력' 딱 그 정도라는 것도 누구보다도 잘 알고 있다.

'나흘 안에 삼백 냥…….'

터무니없다 해도 마련하는 수밖에 없다.

불만을 토로할 수도 없다.

집안의 전답으로도 안 된다면 고리채라도, 고리채로도 부족하다면 구걸을 해서라도 무조건 돈을 마련해야 했다.

그것만이 그가 표사로 살아갈 수 있는 유일한 길이었다.

적어도 지금 이곳에서 루하는 거슬러서는 안 되는 절대자인 것이다.

*　*　*

그렇게 임오연이 발등에 떨어진 불을 끄기 위해 동분서주하는 사이, 그 일로 인해 루하는 생각지 못한 의외의 소득을 보고 있었다.

"이게 다 뭐예요?"

루하는 양윤이 가져온 한 아름의 짐들을 보며 의아히 물었다.

값비싼 옥함이나 비단천으로 포장이 되어 있는 것으로 보아 하나같이 값비싼 물건들로 보였다.

"자네에게 온 선물이네."

"선물이라뇨?"

"제갈세가의 표행에 선발된 표사들이 자네에게 전해 주라며 내게 가져온 것들이네. 자네를 직접 만나기엔 부담스러웠던 모양이네."

"표사들이요? 그 사람들이 제게 왜 이런 걸?"

"그야 자네 비위를 거스르기 싫어서이지."

"그 사람들이 제 비위를 왜 신경 써요? 제가 뭘 어쨌게요?"

"자네 어제 국주님을 찾아가서 이번 표행에서 임 표사를 제외시키라고 말했다면서?"

"예. 근데 그게 왜요? 제가 임 표사에게 감정이 좋지 않다는 거야 아저씨도 아시잖아요?"

"나야 알고 있지. 하나 표사들은 그렇게 생각지 않는 모양이네."

"그렇게 생각지 않으면요?"

"임 표사를 구실로 삼아 표사들을 길들이려는 의도가 아니냐 하는 거지."

루하가 눈살을 찌푸렸다.

무슨 말인지 도무지 모르겠다.

"제가 뭣 때문에 표사들을 길들여요?"

"어쨌든 한때나마 표사들은 상전이었고 자네는 한낱 쟁자수였지 않은가? 아무리 자네의 위상이 이전과는 완전히 달라졌다고 해도 자네는 자네대로, 표사들은 표사들대로 서로를 대하는 것이 껄끄러울 수밖에 없지. 어떻게 대해야 할지도 애매한 일이고. 그래서 자네가 미리미리 서열 정리에 나선 것이 아닌가 하는 것이 그들의 생각이네. 그래서 나를 통해서 항복 선언을 한 것이고. 그들에겐 감히 삼절표랑과 기 싸움을 할 배포가 없거든. 자네 말 한 마디에 임 표사가 그 지경이 되었는데 누가 감히 자네 앞에서 고개를 빳빳이 들 수 있겠는가?"

"그러니까 제 방귀 소리를 천둥소리로 착각들 하고 있는 거네요?"

"방귀 소리조차 천둥소리처럼 들리게 하는 것, 그게 지금 삼절표랑의 위상이지."

기분이 썩 나쁘지 않다.

'내가 출세를 하긴 출세를 한 모양이네.'

이번 표행에 참가하는 표사들은 만수표국의 정예들이었다.

불과 반년 전만 하더라도 너무도 까마득했던, 그저 흠모와 동경으로 우러러보았던 자들이 자신의 방귀 소리에 놀라서 벌벌 떨고 있는 것이다.

루하가 유쾌한 표정으로 선물들을 훑어보았다.

"이것들 다 처분하면 얼마나 될까요?"

"대강 오륙십 냥은 받을 수 있을 것 같네만…… 한데, 처분하시게?"

"합비까지 다녀오면 적어도 반년 이상은 걸릴 텐데 그냥 둬서 뭐하겠어요. 다 처분해 주세요. 아, 그리고 청이 말인데요."

불쑥 던져오는 루하의 말에 양윤이 흠칫했다.

청이라면 양윤의 장남이었다.

"무도관에 다니고 있다면서요?"

양윤이 고개를 끄덕였다.

"붓 대신 잡은 검이네만 제법 재능은 있는 모양이야. 이젠 검을 잡은 자세가 꽤나 그럴듯하더구만. 한데, 왜 그러는가?"

"내일부터 송풍도장으로 보내세요."

"송풍도장?"

송풍도장이라면 산서성 일대에서는 최고로 손꼽히는 명문 무도관이었다.

산서에서 이름 꽤나 알려진 표사들 중 상당수가 송풍도장 출신일뿐더러 안휘나 호북의 몇몇 이름난 표국들과도 연줄이 닿아 있어 송풍도장에 들어가는 것만으로도 그야말로 탄탄대로의 출셋길이 열렸다고 해도 과언이 아니었다.

그만큼 들어가는 것이 어려운 곳이었다.

재능과 인성은 물론이고 출신까지 철저히 가려서 받는데다 한 달 관비만 해도 무려 은자 다섯 냥에 달했다.

"송풍도장엔 어찌……?"

"그냥 청이 생각이 나서 한 번 알아봤는데, 자리가 있더라구요. 어차피 표사가 되기로 한 거면 하루라도 빨리 송풍도장으로 옮기는 게 좋을 테니까 내일 바로 거기로 한번 가보세요."

"하면 정말로 우리 청이가 송풍도장에 다닐 수 있단 말인가?"

"제 인척이라고 했으니까 아저씨도 그렇게 말하면 다른 말 하지는 못할 거예요. 그래도 관비는 아저씨가 책임지세요. 지난번에 큰돈도 버셨으니까 그 정도는 감당할 수 있죠?"

"그야 이르다뿐인가! 송풍도장에 자리를 마련해 준 것만으로도 나야 그저 감지덕지할 일이 아닌가!"

지금 양윤은 더할 수 없는 기쁨과 진심이 가득 묻어나는 감격을 두 눈에 가득 담아서 루하를 보고 있었다.

'임 표사에게는 과거의 소소한 은원조차 잊지 않고 그리도 독하게 굴더니만…….'

자신에게는 집안일까지 살뜰히 살펴 준다.

더구나 장남 양청의 장래는 양윤에게 있어 근래 들어 가장 큰 근심거리였던 만큼 그 감격은 그야말로 두 배였다.

지금 마음 같으면 정말이지 이 자리에서 군신의 예라도 서슴없이 올릴 수 있을 것 같은 기분이었다.

양윤의 그 같은 뜨거운 눈길에 루하가 핀잔을 주었다.

"눈빛 너무 뜨거운데요? 그러다 아주 사랑 고백이라도 하시겠어요? 저 그런 취향 아니니까 언감생심 꿈도 꾸지 마시구요. 아무튼 얼른 가 보세요. 준비하실 게 많잖아요."

"준비할 거라니?"

“옷도 사고 목검도 새로 장만해야죠. 송풍도장에 어울릴 만한 것으로. 거긴 제법 산다는 놈들만 모인 곳이라 첫인상부터 꿀리고 들어가면 버티기 힘들어져요.”

“아무렴 삼절표랑이 인척이라고까지 했는데 감히 누가 건들겠나.”

“뭘 모르시네. 원래 시기나 질투는 낮은 곳에서부터 시작되는 거라구요.”

“하긴, 그도 그렇지. 알겠네. 자네 말대로 하지. 아무튼 고마우이. 청이가 무척 신나할 게야.”

“청이보단 아주머니가 더 좋아하시겠죠. 저도 이제야 좀 아주머니께 면이 서네요.”

“무슨 그런 말을 하시는가? 자네가 그동안 나한테 해 준 게 얼만데! 자네가 날 거두어 준 것이 내 최고의 행운이자 기회라고 늘 귀가 따갑게 말을 하는 게 우리 집사람일세.”

“역시 아주머니가 뭘 좀 아시네요. 흐흐흐.”

양윤은 그러고도 몇 번이나 더 고맙다는 말을 하고서야 그 기쁜 소식을 가지고 자신의 집으로 돌아갔다.

한 달에 두 냥 벌이도 안 되던 사람을 그 다섯 배의 돈으로 영입해 주고 거기다 은자 칠백 냥이라는 거액마저 쥐여 줬을 때도 이렇게까지 고마워하진 않았던 양윤이, 자식을 위한 작은 베풂에는 한정 없이 감동하고 감격하는 것을 보니 새삼 한평생 고생만 하다 돌아가신 자신의 아버지가 생각이 나는 루하다.

정말이지 입에 풀칠하기도 바빴던, 빠듯하다 못해 찢어지게 가난했던 살림이었다.

그럼에도 돈이 되지도, 쌀이 되지도 않는 한낱 이름 석 자를 지어 주고자 몇 달 치의 벌이를 학당의 선생에게 가져다 바친 자신의 부친도 저 양윤의 마음과 크게 다르지 않을 것이다.

"거 좀 오래 좀 사시지. 자식 출세하는 것도 좀 보고."

표사들이 보내온 선물들을 보고 있자니 더 그런 마음이 든다.

"하긴, 살아서 지금 내 모습을 봤다면 이게 다 당신이 지어 준 이름 덕분이라며 생색이나 내셨겠지."

생색을 내도 좋으니까 그래도 자신의 성공을 가장 먼저 보여 주고 싶은 대상은 역시 부친이다.

부친을 생각하니 괜스레 마음이 시려왔다.

이럴 때면 다른 사람들은 부친의 묘소라도 찾아갔겠지만 그에겐 찾아갈 고향도, 술 한 잔 올릴 묘소도 없다.

마을이 지독한 역병으로 뒤덮인 날, 모든 것이 불타 버렸으니까.

역병의 후유증으로 마을은 아직까지도 사람이 들어갈 수

없는 금지의 땅인 상태니까.

"그러나 저러나 정말 많이도 보내왔네."

루하가 괜히 더 울적해지려는 마음을 다잡고는 다시금 양윤이 놓아 두고 간 선물들로 눈길을 돌렸다.

"대강 오륙십 냥은 될 거라고 했지?"

선발된 열 명의 표사들 중 표국주 조철중과 총표두 곡운성, 그리고 한창 삼백 냥 마련에 여념이 없을 임오연을 제외하면 일곱 명이 이 모든 걸 보내 왔다는 건데, 그렇다면 한 명당 쓴 돈만 해도 거의 열 냥 가까이 된다.

아무리 돈 잘 버는 직업군의 대명사인 표사라고 해도 열 냥이라는 돈은 결코 적은 돈이 아니었다.

직접적인 협박이나 강요가 있었던 것도 아닌데 이런 거액의 선물을 선뜻 가져다 바쳤다는 것은 그만큼 자신을 두려워한다는 뜻이기도 했지만, 제갈세가라는 이름이 그만큼 크고 무겁다는 뜻이기도 했다.

'제갈세가라…….'

정말이지 귀가 따갑도록 들은 이름이다.

육대가문의 하나로 다른 다섯 가문에 비해 무(武)로는 다소 부족하다 알려져 있지만, 그럼에도 '육대가문 중 다른 다섯 가문 모두와 적이 될지언정 제갈세가와는 적이 되지 말라.' 라는 격언이 있을 정도로 기관진식부터 독, 진법에 이르기까지 다방면에서 이름이 높은 가문이었다.

그런 가문에서 벌이는 일이었다.

모르긴 몰라도 녹림이나 사마외도는 물론이고 육대가문에 구대문파까지, 거의 전 무림이 이번 표행을 주목하고 있을 것이 분명했다.

'소문대로 혈교의 혈마동과 관련된 표물이라면 더더욱 그렇겠지.'

새삼 궁금해진다.

'대체 뭘까?'

대체 무슨 물건이기에 소위 최고라 일컫는 표사들을 죄다 다 불러 모으는 것일까?

얼마나 비밀스러운 것이기에 팔공산 그 험로를 마다않는 것일까?

"혹시 희대의 마검이나 극악의 마공비급 같은 것이려나?"

잠시 그런 생각이 떠올랐지만 이내 고개를 털었다.

고작 검이나 책이라면 이렇게 번잡스럽게 일을 벌이지는 않았을 것이다.

"그럼 대체 뭐란 거야?"

아무리 머리를 굴려 봐도 도통 이렇다 할 만한 게 떠오르지 않는다.

"그렇게 비밀스럽게 옮기는 물건이니 가르쳐 달란다고

가르쳐 줄 리도 없고."

생각하자니 답답하다.

은근 오기도 생긴다.

사실 알아서 좋을 게 없는 물건일 것이 뻔했다.

예전 같았으면 애당초 관심도 갖지 않았을 것이다.

지나친 호기심은 화를 불러오기 마련이고 모르는 게 약인 것이 이 바닥 생리니까.

그럼에도 미련을 놓으려 하지 않는 것은, 그만큼 자신감이 붙었기 때문이었다.

홍염마수를 꺾고 삼원표국을 발칵 뒤집어 놓은 몸이다.

'아무렴 내 한 몸 건사 못 할까?'

그리해 결심했다.

"좋아! 대체 얼마나 대단한 물건인지 내가 이 두 눈으로 꼭 확인하고 만다!"

그로부터 사흘 후, 마침내 출발의 날이 밝았다.

第三章

뒷간에서 맺은 은원

"끄응……."

만수표국의 국주 조철중이 심히 못마땅한 기색으로 뒤를 돌아보았다.

만수표국의 정문 앞, 장북으로의 출발을 위한 비교적 단출한 행렬이 늘어서 있는데, 그 풍경이 여느 때의 표행과는 사뭇 다르다.

대개의 경우라면 표국주와 총표두, 표두, 표사, 쟁자수 순으로 행렬이 꾸려져야 하는데 이번 행렬은 어딘지 뒤죽박죽이다.

루하 때문이다.

루하야 쟁자수로 참여한 것이니 쟁자수들 속에 서 있었을 뿐이지만 표사들이 그런 루하의 눈치를 보며 슬금슬금 걸음을 뒤로 물린 탓에 표국주와 총표두의 뒤로 쟁자수들이 행렬의 가운데를 떡하니 차지해 버렸다.

마치 표사들이 쟁자수들을 호위라도 하는 듯한 형세.

"명색이 산서를 대표해서 가는 자리인데 모양새가 이래서야 어디……."

비록 소규모라고는 하나 만수표국의 최정예로 이루어진, 그야말로 만수표국 그 자체인 행렬이었다.

대륙 최고의 표국들과 어깨를 나란히 하는 자리인 만큼 최대한 질서 있고 절도 있는 모습을 보여 줘도 시원찮을 판국에 질서와 절도는커녕 이 무슨 난잡함이란 말인가?

그렇다고 자신이 나서서 뭐라 하기도 그렇다.

루하의 몸값으로 들어간 돈만 해도 오천칠백 냥이다.

표국 건물은 물론이고 사재도 탈탈 털었다.

그건 비단 이번 표행이 만수표국의 창창한 앞날을 보장하기 때문만은 아니었다.

이번 표행으로 만수표국의 명성이 높아진다고 하더라도 결국 내실이 부실하면 모래 위의 성일 뿐이다.

만수표국이 진정으로 산서를 대표하는 표국으로 도약을 하려면 삼절표랑이 꼭 필요했다.

그리해 오천칠백 냥이나 되는 거금을 선뜻 내놓은 것이었다.

삼절표랑의 환심을 사기 위해.

삼절표랑에 대한 마음이 이만큼이나 크다는 것을 보여주기 위해.

그러니 어떤 경우라도 루하의 빈정을 상하게 만드는 일은 피하고 싶은 것이 조철중의 심정이었다.

그런 조철중의 심정이야 어떻든 루하는 이 무질서함이 썩 나쁘지 않았다.

표사들의 등 뒤로 보이는 커다란 행장들이 재미있었다.

족히 반년은 걸리는 여정, 체면과 위신의 크기만큼 저마다 짐이 많은 거야 당연했다.

하지만 여느 때라면 그 짐은 표사들이 아니라 쟁자수들이 메고 있어야 했다.

'대단하신 표사 나으리들께서 모양 빠지게 직접 짐 나부랭이나 들고 다닐 수는 없는 노릇이니까.'

그런데 지금은 누구 하나 자신의 짐을 쟁자수들에게 맡기는 자가 없었다.

모두가 커다란 짐을 등에 짊어지고는 루하의 눈치를 살피기에 여념이 없다.

'짐은커녕 똥 묻은 속옷 빨래까지 쟁자수들에게 맡기던

양반들이 말이야.'

돌이켜보면 그 똥 묻은 속옷 빨래는 언제나 막내인 자신의 몫이었다.

추운 겨울 시린 물에 잘 지지도 않는 누런 얼룩들과 씨름하던 걸 생각하니 빠드득 이가 갈린다.

루하가 그때의 기억을 떠올리며 사나운 눈으로 표사들을 둘러보았다.

하지만 다행인지 불행인지 그때 그 더러운 기억의 원흉은 지금 이곳에 없었다.

대신 그의 시야에 걸린 것은 다름 아닌 임오연이다.

'얼굴 꼴이 말이 아니네.'

얼굴은 흙빛에 눈은 퀭하다.

생기 한 점 찾아볼 수 없는 그 모습은 그야말로 산송장이 따로 없다.

그럴 만도 했다.

지난 나흘 동안 삼백 냥을 마련하기 위해 불철주야 얼마나 뛰어다녔을지 보지 않아도 훤했다.

듣자 하니 일가의 재산을 탈탈 턴 것은 물론이고 상당한 액수의 고리채까지 빌렸다고 한다.

나흘 전만 해도 표사로서 대륙 전역에 널리 이름을 알리겠다는 큰 꿈에 부풀었는데 불과 며칠 만에 졸지에 빚쟁이

신세로 전락해 버린 것이다.

그러니 저 퀭한 눈에 깃든 숨길 수 없는 분노와 불만은 당연했다.

'표사가 쟁자수 좀 몇 대 때린 게, 그게 뭐가 그리 대수라는 거야? 그깟 걸로 삼백 냥이 말이 되냔 말이야!'

어디 임오연뿐이랴?

감히 내색은 못 했지만 표사들 모두가 '표사가 쟁자수 좀 팼기로서니 그게 뭐 대수야?' 라는 생각을 가지고 있었다. 그러니 그걸 잘못에 대한 응당한 대가가 아닌, 자신들을 향한 본보기로 오해를 하고 있는 것이다.

그래서 조금도 미안하지 않았다.

집안 전답을 팔아 치웠든 고리채 빚을 졌든, 아직도 쟁자수를 무슨 기르는 가축 정도로 취급하는 저 잘난 표사들에게 줄 동정 따윈 눈곱만큼도 없다.

오히려 벌이 너무 약했다는 생각이 들었다.

'삼백 냥이 큰돈이긴 하지만 이번 표행만 무사히 마치면 몸값이 천정부지로 뛸 테고, 그럼 삼백 냥이야 삼사 년이면 충분히 갚을 텐데…….'

그리고 오늘의 일은 까맣게 잊고 다시 그 잘난 표사로 떵떵거리면서 살 것이다.

'그냥 처음 작정한 대로 이번 표행에서 확 빼 버릴 걸 그

랬나?'

하지만 루하는 이내 고개를 저었다.

그랬다면 곤궁한 처지에 놓인 장씨 일가에게 삼백 냥의 돈도 돌아가지 않았을 것이다.

"하긴, 장씨 아저씨네라도 사정이 좋아졌으면 된 거지 뭐."

그렇잖아도 어제 거동이 불편한 장씨는 물론이고 그 일가가 모두 찾아와서 눈물로 고마움을 전했다.

루하는 그저 임오연에 대한 개인적인 은원을 정리하고자 했을 뿐이기에 그 같은 지극한 감사와 인사가 민망하고 낯간지러웠다.

그를 낯간지럽게 하는 것은 비단 장씨 일가뿐만이 아니었다.

다른 쟁자수들마저 그 전과는 사뭇 태도가 달라졌다.

크게 내색은 하지 않았지만 보내오는 시선들이 한결 부드럽다.

'정 소협, 식사는 하셨소?'

'정 소협, 저녁에 쟁자수들끼리 한잔하기로 했는데 혹시 시간 되시면 같이 가시겠습니까?'

'정 소협, 이거 우리 마누라가 담근 동치미인데 맛이 제대로 들었소. 한 번 드셔 보시겠소?'

가볍게 건네 오는 인사가 또한 정겹다.

임오연에 대한 개인적인 은원의 정리가 그들의 눈에는 마치 모든 힘없는 쟁자수들을 대신한 분풀이로 보였던 모양이다.

그것이 그에 대한 경계를 지우게 한 것 같았다.

조철중과 표사들의 따가운 눈총 속에서도, 익숙지 않은 자리에서 겪는 그 불편함 속에서도 어미 쫓는 오리 새끼마냥 루하의 옆에 찰싹 달라붙어 그를 의지한다.

그 단순하다면 단순하고, 간사하다면 간사하달 수 있는 변화가 루하는 싫지 않았다.

오히려 기분 좋았다.

뿌듯하고 기껍다.

'그런 걸 보면 역시 나란 놈은 어쩔 수 없는 쟁자수인 거지.'

"출(出)!"

수레 하나 없이 단출한 행렬의 시작치고는 조철중의 목소리가 지나치게 우렁찼다.

그렇게 출발했다.

첫날도, 둘째 날도 장북으로 향하는 만수표국의 북상은 순조로웠다.

누가 표사인지 누가 쟁자수인지 구분이 안 되는 괴상한

행렬에 간혹 의아한 시선을 보내는 사람들도 있었지만 그 외에는 아무 문제 없었다.

그렇게 순조로운 여정이 열흘째 되는 날이었다.

저녁 늦게 장북으로 향하는 모든 관도의 접점이랄 수 있는 선화(宣化)에 이르러서였다.

장북까지 사흘 여정을 앞두고, 하룻밤 편히 묵어가기 위해 들른 강찬객잔이란 곳에서 낯익은 인물들을 만나게 된 루하다.

"어? 정 소협!"

객잔에 먼저 자리를 잡고 있던 일단의 무리 중 하나가 루하를 보며 놀란 얼굴을 한다.

삼원표국의 총표두 이지상이었다.

그리고 객잔 안에 있는 일단의 무리는 삼원표국의 표사들이었다.

물론 그중에는 삼원표국의 국주 도하연도 있었다.

자리에서 천천히 몸을 일으킨 도하연이 루하에게 다가왔다.

"이번 표행에 만수표국도 포함되었다는 소식을 듣고 혹시나 했더니, 역시 다시 뵙게 되는군요. 정 소협."

루하에겐 뜻밖이었지만 도하연에겐 충분히 예상했던 일인 것 같았다.

'하긴, 이번 표행에 참가하게 된 이상 삼원표국과는 언

제가 되었든 마주치게 될 일이긴 했지.'

그런데, 기분 탓일까?

그렇게 인사를 건네 오는 도하연의 눈빛이 전보다 더 뜨겁고 고혹적이다.

루하로서는 도하연이 그다지 반갑지가 않았다.

아무래도 삼원표국에서 저지른 만행(?)이 있다 보니 어쩔 수 없이 죄인 아닌 죄인 같은 입장인 것이다.

"하온데…… 그분은……?"

"그분?"

"표운검 소협 말이에요."

도하연의 시선이 설란을 찾는다.

"아, 걔는 지네 집에 갔어요. 급한 일이 생겨서."

"그럼 이번 표행엔 혼자이신 거군요."

"혼자는 아니죠. 이 많은 사람들이 다 일행인데."

루하가 짐짓 귀찮은 짐 보듯 만수표국 사람들을 눈짓한다.

그런 루하의 시선을 받은 만수표국 사람들의 표정은 다양했다.

산서 제일 표국의 위엄에 동경과 흠모를 보내는 사람도 있었고 말로만 듣던 산서제일미의 미모에 넋을 잃고 침을 흘려 대는 사람도 있었다. 특히 젊은 표사들은 그런 도하연과 스스럼없이 대화를 나누고 있는 루하에게 부러움과 경외의 시선을 보내기도 했다.

반면 그 같은 분위기와는 동떨어진, 상당히 불쾌하고 불편한 표정의 주인이 있었는데 다름 아닌 조철중이다.

명색이 산서성을 대표해서 이번 표행에 합류하게 된 경쟁 표국의 국주다.

비록 이 모든 게 루하 덕분이고, 자신의 이름이 삼절표랑의 명성에 못 미친다고 해도 만수표국의 대표이자 한참은 연장자인 자신에게 먼저 인사를 하는 게 예의였다.

그런데 자신은 본체만체하고는 루하만 보고 있다.

루하와의 재회가 그저 반가워서 의도치 않게 저지르게 된 무례일지도 모르지만 조철중의 입장에서는 삼원표국의 거들먹거림 정도로밖에는 보이지 않았다.

아주 대놓고 무시를 당한 느낌이다.

'오냐! 삼원표국이 산서 제일의 자리에서 내려오고도 이리 오만할 수 있는지 두고 보자!'

이번 표행이 끝나면 바뀔 것이다.

반드시 바뀌게 만들 것이다.

그러기 위해 루하의 그 터무니없는 요구를 다 들어준 것이 아니던가.

루하의 마음만 확실하게 잡을 수 있다면 산서 제일이라는 이름의 주인은 분명 만수표국이 될 것이다.

'그렇다곤 해도…….'

조철중의 눈길이 루하에게로 옮겨갔다.

'도대체가 무슨 생각을 하고 있는지 알 수가 없으니…….'

만수표국의 사활과 미래를 루하에게 죄다 걸기는 했는데 정작 그 속을 모르겠다.

다른 표국들의 숱한 구애에도 불구하고 만수표국을 선택한 것을 보면 마음이 아주 없는 것 같지는 않은데, 그렇다고 '내 사람이다' 라고 할 만큼의 곁을 주지도 않는다.

그러니 삼원표국의 국주, 그것도 눈부시게 아름다운 미모의 여인과 저렇듯 친근하게 대화를 나누고 있는 루하의 모습이 조철중에겐 여간 신경이 거슬리는 것이 아니었다.

모름지기 사내란 미인에게 약한 법이니까.

'이거 혹시 삼원표국에 마음이 있는 거 아냐?'

엄습하는 불길함에 조철중이 머리를 세차게 내저었다.

'아니지. 그런 마음이 있었으면 애초에 삼원표국에서 그렇게 깽판을 치지도 않았겠지. 암! 그렇고 말고! 절대로 그럴 리가 없지!'

애써 불안한 마음을 그렇게 달래 보는 조철중이다.

*　　*　　*

머리를 손질하는 손길이 분주하다.

머리를 가지런히 풀어도 보았다가 틀어 올려도 보았다가, 앞모습 옆모습 뒷모습을 연신 동경에 비춰 보며 깊은 고민에 빠진다.

얼굴에 분을 짙게 발랐다가 얕게도 발랐다가, 그러다 밤사이 콧잔등 옆에 살짝 고개를 내민 뾰루지를 발견하고는 울상을 짓기도 하고 세상 다 무너진 듯 한숨을 토하기도 한다.

"저기…… 국주님, 시간이……."

그런 도하연을 보며 총표두 이지상이 곤란한 표정을 했다.

그도 그럴 것이, 삼원표국의 표사들이 다들 도하연이 나오기만을 기다리고 있는데 저러고 있은 지가 벌써 한 시진이 넘었다.

게다가 분칠이라니?

산서제일미로 이름이 높은 도하연이지만 어릴 때부터 표국에서 거친 사내들과 어울려 놀아서인지 자신의 외모를 꾸미는 데 그다지 관심이 없던 그녀였다.

대외적으로 중요한 행사가 있을 때를 제외하고는 춘심 가득한 사춘기 시절조차 얼굴에 분을 바르는 것을 본 적이 없는 이지상은 그런 도하연의 모습이 정말이지 낯설고 신기했다.

신기하긴 했지만 의아하진 않았다.

낯설음의 이유를 알고 있기 때문이다.

삼절표랑 정루하.

그날 그렇게 루하가 떠나고부터 루하에 대한 이야기가 나올 때마다 유달리 눈을 빛내고 귀를 쫑긋 세우던 도하연이다.

그때만 해도 그저 그녀의 야심을 채워 줄 뛰어난 표사에 대한 욕심 정도라 생각했다. 그런데 지금 저 모습을 보니 그게 아니었던 모양이다.

'하긴, 그럴 만한 나이가 되긴 했지.'

또한 삼절표랑은 충분히 그럴 만한 상대이기도 했다.

그날 삼원표국의 표사들을 상대로 보여 준 루하의 실력이란 것은 같은 사내가 보기에도 반할 만큼 놀라웠으니까.

그 압도적인 신위 앞에 도하연의 방심이 흔들렸다고 해도 그리 이상할 것이 없는 일이었다.

그리해 이지상이 문득 생각난 것처럼 툭 던지듯 말했다.

"한데, 삼절표랑 말입니다."

연신 동경을 보며 분주하게 움직이던 도하연의 손이 삼절표랑이란 이름에 순간 시간이 정지한 것처럼 멈췄다.

"그의 말대로 만수표국과 정식으로 계약을 맺은 것은 아닌 모양입니다."

이지상을 보는 도하연의 눈이 반짝였다.

사실 아까는 도중에 조철중이 끼어드는 바람에 자세한

이야기를 나누지 못했다.

기껏해야 만수표국과는 임시 계약이라는 것과 이번 표행에 표사가 아니라 쟁자수로 참여하게 되었다는 게 그녀가 들은 전부였다.

"알아본 바로는 이번 표행만 같이 하는 걸로 계약을 맺은 거라 하더군요. 한데, 놀라운 것은 이번 표행 한 번의 대가로 그가 만수표국으로부터 받은 돈이 무려 은자 오천 냥이 넘는다는 겁니다."

"오천 냥이라구요?"

"예."

"그게 무슨…… 표행 한 번에 은자 오천 냥이라는 게 말이 되나요?"

"우리와는 달리 만수표국은 삼절표랑 없이는 이번 표행에 참여할 수 없는 처지다 보니 조 국주 입장에선 어쩔 수 없는 일이었던 것 같습니다. 표국의 사활은 물론이고 미래까지 담보하는 표행이니까요. 물론 이 참에 삼절표랑의 마음을 잡겠다는 의도도 있었던 것 같고."

"정 소협이 먼저 그 돈을 요구한 거겠죠?"

"예. 그렇게 들었습니다."

도하연의 표정이 살짝 어두워졌다.

처음 만났을 때만 해도 어수룩하기만 했던 루하였다.

만수표국에서 제시한 고작 오백 냥의 계약금에 고심을 하고 있었고, 자신이 제시한 이천 냥에는 놀란 표정을 숨기지 못하던 그였다.

그런데 단 한 번 표행의 대가로 오천 냥을 요구했다고 한다.

"이젠 자신의 가치를 정확하고 알고 있다는 거군요. 그만큼 우리가 그를 잡는 것이 더 어려워졌다는 뜻이구요."

"삼원표국의 더 큰 미래를 위해서는 얼마의 대가를 지불하더라도 반드시 잡아야 하는 인재입니다."

"하나, 그를 잡을 수 있다 하더라도 표사들의 불만을 무마하는 일은 결코 쉬운 일이 아니에요. 그렇다고 삼절표랑 하나를 얻기 위해 오래도록 삼원표국을 위해 일해 온 표사들을 내칠 수는 없는 일이고요."

"그렇긴 합니다만 그 문제는 이번 표행으로 말끔히 해결이 될 수도 있습니다."

"무슨 말씀이시죠?"

"소문대로 이번 표행이 혈마동의 보물과 관계된 것이라면 표행길이 결코 순탄치 않을 것입니다. 혈교와 제갈세가라는 이름의 무게를 생각하면 우리가 맞닥뜨리게 될 적들 또한 엄청난 자들일 테죠. 그런 엄청난 적들과의 싸움에서 삼절표랑이 활약을 펼친다면 삼절표랑의 이름은 지금과는 비교도 할 수 없을 만큼 높아질 것입니다."

"……."

"모름지기 무인이란 실력이 비슷할 때는 경쟁심을 갖지만 감히 올려다볼 수도 없을 만큼 격차가 벌이지게 되면 그 경쟁심은 동경이 되고 흠모가 되기 마련입니다. 그날의 일 또한 마찬가지입니다. 지금은 그것이 부끄러운 패배고 굴욕의 기억이지만 삼절표랑의 이름이 지금보다 훨씬 더 높아지게 되면 오히려 자랑스러운 무용담이 될 수도 있는 일이죠."

"너무 이상적인 생각이시네요. 상황이 그렇게 원하는 대로만 흘러갈 리가 없잖아요? 제갈세가라는 이름 앞에 과연 그런 엄청난 적이 나타날지도 확실치 않은 일이고, 그런 적이 나타난다고 해도 정 소협이 그만한 활약을 할 수 있을지도 미지수죠. 무엇보다 표사가 아닌 쟁자수로 참여한 것이라잖아요. 그건 곧 실력의 여하를 떠나서 그럴 의지 자체가 없다는 뜻이니…… 아니, 총표두님의 말씀대로 정말로 대단한 활약을 펼친다고 해도 문제죠. 그렇게 대단해진 삼절표랑이 우리에게로 와 줄 리가 없잖아요?"

"그건 모르는 일입니다. 돈과 명성만이 사내의 마음을 움직이는 것은 아니니까요. 우리 삼원표국에는 다른 어떤 표국에도 없는 강력하고 매력적인 무기가 있지 않습니까?"

"강력하고 매력적인 무기라뇨?"

“바로 국주님 말입니다. 국주님의 미모에 홀리지 않을 사내가 세상 천지에 어디에 있겠습니까? 흐흐흐.”

“…….”

농담 반 진담 반, 짓궂게 던져 오는 말에 잠시 당황한 듯 얼굴을 붉히던 도하연이 이내 한숨을 푹 쉰다.

“그런 게 통할 사내였다면 그날 그렇게 삼원표국을 떠나지도 않았을 테죠.”

돌이켜보면 자신의 미모에 특별한 감흥을 보인 것은 첫 만남 때뿐이다.

그 후로는 냉담하게 느껴질 정도로 아무런 반응이 없었다.

어제만 해도 오랜만의 재회에도 불구하고 시종일관 시큰둥한 태도였지 않았던가.

“하아…….”

생각하니 한숨만 짙어진다.

다시 동경으로 눈을 돌려 머리를 마저 손질하는 손길이 아까와는 달리 어딘지 쓸쓸했다.

갑작스럽게 무거워진 분위기에 괜히 머쓱해진 이지상이 문득 생각났다는 듯 말문을 돌렸다.

“아, 그나저나 밤사이 말입니다. 위진표국이 이곳에 묵었습니다.”

순간, 도하연이 습관적으로 눈살을 찌푸렸다.

위진표국이라면 하남성에 위치한 표국으로, 무려 다섯 개 성의 길을 연 하남 유일의 오성표국이었다.

하남 길을 여는 것을 시작으로 대륙 제일을 꿈꾸는 삼원표국이 가장 먼저 넘어야 할 큰 산.

하지만 도하연이 눈살을 찌푸린 것은 단순히 경쟁 표국의 등장 때문이 아니었다.

"그자도 왔나요?"

"위서진 말씀입니까? 예. 이번 표행에 위 국주를 대신해서 위진표국의 표사들을 인솔하고 있다 들었습니다. 그러니 하필이면 다른 곳 다 놔두고 굳이 이곳까지 와서 짐을 푼 것이 아니겠습니까?"

이지상이 조금은 짓궂은 듯한 미소를 머금고는 그렇게 대답했다.

위서진.

위진표국의 부국주이자 현 국주 위강룡(魏岡龍)의 장남이다.

도하연이 눈살을 찌푸린 것도, 이지상이 짓궂은 미소를 머금은 것도 모두가 위서진 때문이다.

도하연의 선친이자 삼원표국의 선대 국주인 도세천의 장례식에 참석했다가 도하연을 보고는 첫눈에 반한 그였다.

그 후로 정말이지 지긋지긋하게 구애를 해 왔다.

위진표국의 차기 주인이라는 신분에 화산파의 속가제자로 무예까지 출중한 그였지만, 워낙에 떠받듦만 받으며 자란 탓인지 사람이 경박하고 안하무인격인 면이 있었다. 더구나 삼원표국이 위진표국과 정략적인 혼약을 맺을 경우 삼원표국은 결국 위진표국의 부속 표국밖에는 되지 않는다는 걸 알기에 위서진의 구애를 철저히 외면해 온 그녀였다.

그럼에도 참 끈질기게 자신의 주변을 맴도는 위서진이다.

아마도 굳이 이곳 강찬객잔에 행장을 푼 것도 도하연이 이곳에 있다는 걸 알았기 때문일 것이다.

위서진을 생각하면 마냥 귀찮고 피곤하다.

다시 그 지긋지긋하고 끈적끈적한 추파를 감당해야 할 걸 생각하니 루하를 향해 들떴던 마음마저 식는 기분이었다.

"휴우……."

루하를 생각했을 때와는 전혀 다른 한숨을 토한 도하연이 결국 거울을 덮었다.

그리고 이지상과 함께 밖으로 나왔다.

밖으로 나오니 삼원표국을 위시해서 만수표국과 위진표국의 사람들이 줄지어 서 있었다. 굳이 복색이나 표식이 아니어도 그들을 구별하는 것은 어렵지 않았다.

표사와 쟁자수가 뒤죽박죽 섞여 있는 무질서한 느낌의 만수표국에 비해 위진표국은 딱딱하다 싶을 만큼 잘 정돈

되어 있었다.

그런데 어쩐 일인지 정작 루하도, 위서진도 보이지 않았다.

'어딜 간 거지?'

의아해하는데, 만수표국의 쟁자수 하나가 헐레벌떡 뛰어와 급박한 목소리로 조철중에게 보고를 올렸다.

"국주님, 큰일 났습니다요! 정 소협이, 정 소협이 위진표국의 부국주랑 시비가 붙었습니다요!"

목소리가 워낙에 커서 도하연은 물론이고 위진표국의 표사들에게도 그 내용이 똑똑히 들렸다.

잠깐의 어리둥절함이 지나고, 삽시간에 분위기가 싸늘해졌음은 말할 것도 없다.

"대체 그게 무슨 말이냐? 시비라니? 대체 왜? 어디서?"

"그게…… 뒷간입니다요!"

* * *

사건은 흔하디흔한 충돌에서 비롯되었다.

오매불망 꿈에도 그리던 도하연을 바로 지척에 두고 보니 괜히 마음이 싱숭생숭해진 위서진이 간밤에 오향장육을 안주로 죽엽청을 마셨는데 그게 문제였다.

아침부터 속에서 난리가 났다.

그래서 부랴부랴 뒷간을 찾은 것인데, 세 개 표국 백오십 명의 인원이 한꺼번에 묵다 보니 뒷간이 한산할 리가 없었다.

다닥다닥 붙어 있는 뒷간 네 곳이 전부 다 차 있었고, 그 앞에는 두세 명씩 대기자마저 있었다.

기다릴 수 있는 상황이 아니었다.

부글부글.

뿌직뿌직.

당장이라도 폭발을 할 것 같은 상태였다.

'훅훅…… 훅훅…….'

복식 호흡도 해 보고 다리를 꼬아 항문을 조아 보기도 했지만 거스를 수 없는 큰 파도 앞에서는 그저 무기력하기만 했다.

눈앞이 깜깜해져 왔다.

이러다 정말 큰 변이라도 당하면 그 창피를 어찌 감당한단 말인가?

이 사실이 도하연의 귀에라도 들어가는 날에는 그 창피와 굴욕은 죽음으로도 덮을 수가 없을 터였다.

생각만으로도 등골이 서늘해져 오는 상상을 하던 그 순간,

끼이익—

좌측 가장 끝에 있는 뒷간 문이 열렸다.

그것은 암담한 절망 속에서 피어난 한 가닥 작은 희망이

었다.

그리고 그 한 가닥 작은 희망은 그 줄에 서 있는 두 명의 대기자가 표사가 아니라 쟁자수라는 것을 한눈에 알아본 순간 두 배 세 배로 커졌다.

정말이지 번개처럼 달려갔다.

그리고 다음 대기자가 막 뒷간 안으로 들어가려는 순간 마치 매가 먹이를 낚아채듯 뒷간 문을 잡아챘다.

"잠깐 멈추거라!"

지금 이 순간 위서진은 정말이지 필사적이었다.

녹림칠패와 생사투를 한다고 해도 지금만큼 필사적이지는 못할 것 같았다.

하지만 안타깝게도 위서진의 그런 절체정명의 상황은 대기자와는 하등 상관이 없는 일이었다.

대기자는 자신의 급한 볼일을 방해받은 것이 그저 불쾌할 뿐이다.

"왜요? 나한테 무슨 볼일 있어요?"

당연히 위서진을 보는 눈빛에도 짜증이 묻어난다.

그러나 위서진은 상대의 반응을 살필 여유가 없었다.

"비키거라."

"예?"

"내가 몹시 급하니 비키란 말이다!"

"싫은데요?"

"뭐?"

"지금까지 저도 마려운 거 참아가며 힘들게 기다려서 이제 겨우 큰일을 보려던 참이거든요? 급한 건 그쪽만이 아니라구요."

"보아하니 쟁자수 같은데 기다리라면 기다릴 것이지 무슨 잔말이 그리 많느냐!"

"뒷간에서 무슨 쟁자수를 찾고 난리예요? 먼저 온 사람이 먼저 일 보는 거야 당연한 건데. 여기 사람들 줄 서 있는 거 안 보여요?"

"이놈! 비키라면 비킬 것이지, 감히 내가 누군지 알고 자꾸 따박따박 말 대꾸질이냐! 나는 위진표국의 부국주 위서진이다!"

이런 상황, 이런 장소에서 자신의 이름을 밝히는 게 흔쾌할 리가 없다.

그럼에도 위진표국의 이름까지 들먹인 것은 그만큼 이 시건방지고 개념 없는 대기자랑 실랑이나 하고 있을 상황이 아니었기 때문이다.

'그러니까 얼른 나오란 말이다!'

자신의 신분을 밝혔으니 당장에라도 뻣뻣한 허리를 숙이고 자리를 양보할 거라고 생각했다.

보통의 쟁자수라면 당연히 그랬을 것이다.

하지만 안타깝게도 지금 그의 눈앞에 있는 이 시건방지고 개념 없는 쟁자수는 보통의 쟁자수가 아니었다.

삼절표랑 정루하를 보통의 쟁자수라고 할 수는 없으니까 말이다.

루하에게 있어 위진표국의 부국주란 신분은 군말 없이 냉큼 뒷간을 양보할 만큼 그리 대단한 것이 아니었다.

그러기는커녕 자신의 볼일을 방해받은 것에 짜증만 왕창 났다.

"그러니까 뒷간에서 위진표국의 부국주는 왜 찾고 난리냐고! 그게 똥 싸는 거랑 무슨 상관인데!"

그러더니 문을 잡고 있는 위서진의 손을 거칠게 뿌리쳐 버리고는 '쾅!' 소리가 나도록 문을 닫아 버린다.

"……."

쟁자수 따위가 자신의 이름을 듣고도 이렇게 나올 줄은 전혀 생각지 못했던 위서진은 잠시 벙찐 표정을 했다. 하지만 그것도 잠시, 이내 현실을 깨닫고 분노했다.

"이, 이놈이 감히……!"

거의 머릿속이 하얗게 변할 정도가 화가 난 위서진이다.

그러나 그에겐 화풀이를 할 여유가 없었다.

뿌직.

"으헉!"

화풀이는커녕 다시 항문을 향해 거칠게 밀어붙이는 변들의 공격에 아예 사색이 되어서는 절망과 마주해야 했다.

만일 그 순간 옆 칸의 대기자가 말을 걸지 않았다면,

"위 소협, 많이 급하신 것 같은데 먼저 일을 보십시오. 저희는 참을 만합니다."

옆 칸의 대기자들에게라도 위진표국의 부국주라는 신분이 먹혔기에 망정이지 만일 그 상태로 촌각만 지체가 되었다면, 평생에 씻을 수 없는 참변을 면치 못했을 것이다.

양보에 감사할 겨를도, 안도할 정신도 없었다.

그 순간 위서진은 그저 본능에 따라 자라가 목을 감추듯, 게가 눈을 감추듯 열린 뒷간의 문틈으로 뛰어 들어가 바지춤을 내렸다.

뿌지지지지직.

쏴아아아아아—

그야말로 폭포수처럼 쏟아졌다.

"끄으으으으……."

쾌변의 기쁨인지 항문이 찢어지는 듯한 고통의 비명인지 입에선 절로 끊어질 듯한 신음 소리가 흘러나왔다.

그러나 그 와중에도 루하에 대한 분노만큼은 활활 타올랐다.

"네 이놈! 어느 표국의 누구인지 이름을 밝히거라!"

"그걸 왜 내가 당신한테 말해 줘야 하는데? 지저분한 소리는 혼자 다 내면서 창피한 줄도 모르고, 이런 곳에서 통성명이라도 하자는 거야 뭐야? 뭘 자꾸 이름을 밝히라는 거야? 그냥 조용히 볼일이나 보시죠?"

"이놈! 네놈이 정녕 죽고 싶어 환장을 한 것이냐? 정녕 치도곤을 당해 봐야 그 버르장머리를 고칠 테냐!"

"예, 예. 뭐, 그러든가 말든가."

그 사이 볼일을 마친 루하가 바지춤을 올렸다.

이윽고,

끼이익—

문 열리는 소리가 위서진의 귀에도 들렸다.

다급해진 위서진이 급히 루하를 불러 세웠다.

"네 이놈! 게 섰거라! 도망가지 말고 기다리란 말이다!"

"됐거든요? 가뜩이나 그쪽 때문에 나까지 속이 다 뒤집힐 지경인데 뭘 더 기다리라는 거야? 냄새는 또 왜 이렇게 지독해? 대체 밤에 뭘 처드신 거야?"

"이, 이놈이!"

"아아, 열 내지 마시고. 명색이 위진표국의 부국주님이신데 뒷간에서 열 내다 뒷목 잡고 쓰러지면 그거 너무 개쪽이잖아요? 난 이만 가 볼 테니까 그냥 차분히 볼일이나 마저 보세요."

그러고는 뒤도 돌아보지 않고 걸음을 옮긴다.

루하의 발자국 소리가 멀어지자 더 화가 나고 더 조급해진 위서진이다.

"거기 서라고 했다! 네놈이 정녕 내 말이 말 같지 않은 것이냐! 어딜 도망가느냐! 거기 서란 말이다!"

이름도 소속도 모른다.

자신이 위진표국의 부국주임을 밝혔는데도 눈썹 하나 꿈쩍하지 않는 것을 보니 이젠 정말 쟁자수인지조차 확신할 수 없다.

이대로 놓친다면 영영 이 미칠 듯한 분노를 풀지 못할지도 모른다.

'절대로 그렇게는 두지 않는다!'

그리해 후다닥 급하게 볼일을 마무리하고 문을 열었다.

그런 그의 시야에 막 뒷간 뜰을 빠져나가려는 루하의 등이 보였다.

생각하고 자시고 할 것도 없었다.

"네 이놈!"

그대로 몸을 날려 루하의 어깨를 낚아챘다.

아니, 낚아채려는 순간 돌연 걸음을 멈춘 루하가 뒤도 돌아보지 않은 채로 슬쩍 몸을 틀어 위서진의 손을 피해 버렸다.

"어?"

순간의 당황, 그러나 뭐가 어떻게 된 상황인지 살필 정신이 없었다.

그저 분노만 더 커졌다.

"네놈이 정녕 명을 재촉하는구나!"

차앙!

심지어 칼까지 뽑아 든다.

그런 위서진을 보며 루하는 어이가 없었다.

"나 참, 똥 한번 먼저 쌌다고 사람을 죽이기라도 하겠다는 거야, 뭐야?"

"닥쳐라! 네놈의 무례는 충분히 죽어 마땅한 것이다."

"무례는 당신이 먼저였지. 여기 어디 안 급한 사람이 있는 것도 아니고, 정 못 참겠어서 양보를 구할 거면 정중히 부탁을 하든가. 다짜고짜 명령조로 비키라고 그러는 건 대체 어느 나라 예의인 건데?"

사실 루하는 그렇게 급한 상황은 아니었다.

잠시 참으라면 충분히 참을 수 있는 상태였다.

더구나 척 보기에도 상태가 심각해 보이던 위서진이기에 좋은 말로 한 마디 양해만 구했어도 흔쾌히 자리를 양보해 줬을 것이다.

"다른 사람한테 부탁을 할 때는 공손해야 한다는 건 세

살 먹은 어린 애도 안다고.”

“내가 고작 네깟 놈한테 머리라도 숙였어야 한단 말이냐!”

“그게 세상 사는 이치고 도리라는 거거든? 하긴 뒷간에선 정숙해야 한다는 기본도 모르는 사람한테 도리를 따지고 이치를 논하는 것도 우스운 일이긴 하지.”

그러고는 귀찮다는 듯 손을 휘휘 내젓고 방해받은 걸음을 다시 내딛는다.

“이……!”

위서진은 분기탱천했다.

“거기 서!”

평생 이런 모욕을 당해 본 적이 없었다.

하물며 상대는 아무리 뜯어봐도 쟁자수였다.

위진표국의 차기 주인인 그가 고작 쟁자수 따위에게 이런 모욕을 당하고 어찌 참을 수 있겠는가.

“거기 서라고 했다! 거기서 한 발짝만 더 움직이면 그땐 내 기필코 네놈의 목을 칠 것이다!”

그냥 하는 말이 아니었다.

진심이었다.

모욕을 당한 무인의 말이란 언제나 그렇듯 살의를 동반하기 마련이다.

모욕을 당한 무인의 검에는 살기가 담기기 마련이다.

그리해 루하가 아랑곳 않고 한 발을 더 내딛자,

"이놈!"

토해 내는 일갈에는 살의가 담겼고 지체 없이 루하의 목을 베어 가는 검에는 진득한 살기가 뿌려졌다.

좌아아아악—

공기를 부수듯이 짓쳐 가는 위서진의 검은 빨랐다.

간결했다.

또한 유려했다.

거기에는 화산파의 속가제자로 화산파에서 보낸 칠 년이 고스란히 담겨 있었다.

하지만 그것이 홈염마수를 죽이고 삼원표국마저 발칵 뒤집어 놓은 삼절표랑을 위협할 정도는 결코 아니었다.

더구나 루하는 위서진이 이렇게 나올 줄 알고 이미 한 손에 목검을 단단히 쥐고 있던 참이었다.

위서진의 검이 제아무리 빠르고 간결하고 유려하다고 해도 이미 대비가 되어 있는 루하에겐 느리고 단순하고 무뎠다.

"흥!"

가벼운 콧방귀와 함께 목검을 떨쳤다.

까앙—!

목검과 철검의 충돌음이라고는 생각되지 않는 쇳소리가 날카롭게 울려 퍼지고,

"크윽!"

생각지도 못한 거력에 위서진이 신음을 토하며 주르륵 미끄러져 나갔다.

뭐가 어떻게 된 건지 어리둥절하기만 한 상황.

그러나 상황을 살필 겨를이 없었다.

루하가 잠시의 틈도 주지 않고 위서진을 향해 짓쳐들어오고 있었던 것이다.

실력의 고하가 어떻든 상대는 손에 검을 든 무인이었다.

언제든 그 검이 자신의 목을 벨 수 있다.

동정도 방심도 금물이다.

무인과 검을 겨룬 이상 철저하게 부숴야 한다는 걸 이젠 경험을 통해 알고 있었다.

그리해 지금 루하는 위서진을 사정없이 부숴 버릴 작정이었다.

사정없이 부숴 버릴 작정으로 휘두르는 검은 그만큼 사나웠다.

까앙—!

처음보다 더 강렬한 금속음이 고막을 찌르고,

"끄윽!"

본능적으로 검을 들어 막은 손아귀가 찢어질 듯 아파 왔다. 겨우겨우 검을 놓치지 않았다뿐이지 아찔한 고통에 정신마저 멍할 지경이었다.

'이놈…… 뭐야, 대체?'

이런 힘이라니?

이런 내공이라니?

속가제자 시절 화산파의 직계제자들한테도 그다지 꿀리지 않던 그였다. 누군가에게 이렇게 압도되어 본 적은 스승이자 화산파 장로인 일양자 이원익과 대련을 했을 때 말고는 단 한 번도 없었다.

'근데 대체 이놈은 뭐냐고!'

정체가 뭐길래 뒷간에서 만난 이 어린놈의 실력이 이렇게도 강하단 말인가?

정신마저 아득해져 오는 이 찰나의 순간에 궁금증과 의아함이 남아 있는 정신마저 가득 채우는 그때, 그의 시야로 일말의 주저함도 없이 내려쳐 오는 목검이 보였다.

다시 본능적으로 검을 들어 올려 보지만, 방금 전의 충격으로 이미 마비라도 되어 버렸던 건지 팔이 마음대로 움직이지 않았다.

그 순간 그가 할 수 있는 일이라고는 도무지 납득할 수 없는 이 상황을 아득한 절망과 굴욕으로 그저 멀뚱히 지켜보는 것뿐이었다.

그런데, 루하의 목검이 위서진의 정수리를 쪼갤 듯이 찍어 내려가던 그때였다.

"멈추세요!"

낯익은 목소리가 귀를 파고든 그 순간, 거짓말처럼 루하의 목검이 멈췄다.

도무지 정신을 차릴 수 없는 그 상황에서도 급히 목소리의 주인을 찾는 위서진이다. 그런 그의 눈에 오매불망 밤낮없이 그렸던 얼굴 하나가 들어왔다.

'도 국주…….'

그랬다.

절체절명의 순간, 그의 목숨을 구한 것은 삼원표국의 국주 도하연이었다.

도하연의 얼굴을 보니 반가움인지 안도인지, 아니면 창피함인지 모를 감정이 가슴을 휘돌고 울컥 서러움마저 폭발하려 한다.

그러나 그러한 감정들은 이내 불쾌함이 되고 원망이 된다.

그토록 보고 싶던 도하연이 자신을 본체만체한 채 어린 놈만 보고 있는 것이다.

"정 소협, 무슨 일이에요? 무슨 일로 이렇게……?"

"몰라요. 몰라. 그 지저분한 얘기를 내 입으론 말 못 해요. 정 듣고 싶으시면 저기 저 뒷간 예절도 모르는 인간한테나 물어보세요."

한 번 더 사납게 위서진을 노려보고는 터덜터덜 뒷간을 빠져나가는 루하다.

그제야 도하연의 시선이 처음으로 위서진에게 닿는다.

“대체 이게 어떻게 된 일이에요. 정 소협과는 왜 싸우신 거죠? 그것도 이런 장소에서. 대체 삼절표랑께 무슨 무례를 저지르신 거예요?”

도하연의 말투는 그야말로 추궁이었다.

묻지도 따지지도 않고 으레 자신의 잘못인 게 당연하다는 양 냉랭하게 쏘아붙인다.

그런 도하연이 야속한 거야 또한 당연했다.

하지만 야속함은 잠깐이었다.

냉랭하게 쏘아붙이는 도하연의 말에서 뭔가 이질적이면서도 낯익은 단어 하나가 뒤늦게 뇌리에 걸렸다.

‘가만…… 방금 뭐라고? 삼절표랑?’

위서진의 눈이 급히 루하를 좇았다. 막 뒷간을 빠져나가고 있는 루하의 등이 보였다.

‘설마…… 저게…… 그…… 삼절표랑?’

第四章

다시 만나다

루하는 도하연과 마주 앉아 사이좋게 점심 식사를 하고 있었다.

위서진의 눈이 시종일관 그런 둘을 쫓는다.

참 눈꼴셨다.

자신에게는 늘 지나치게 차갑고 냉랭했던 도하연이 저 어린놈에겐 조심하고 어려워하면서도 어딘지 살가운 태도라니.

하지만 그 모든 감정들보다도 우선하는 것은 역시 '충격' 이었다.

'정말 저딴 녀석이 삼절표랑이라고?'

저 어리고 시건방지고 볼품없어 보이는 녀석이 그 유명한 삼절표랑이란다.

삼절표랑은 위진표국의 부국주에게도 결코 가벼운 존재가 아니었다.

아니, 위진표국의 부국주이기에 그 이름은 더 크고 더 무거웠다.

홍염마수 이우경이 누구던가.

팔공산으로 거점을 옮기기 전 그의 인왕채는 하남 천중산의 패주였다.

역대 가장 강한 패주였고 가장 무서운 도적이었다.

대부분의 표국들이 그의 홍염장에 표사들을 잃은 경험이 있었다.

그건 위진표국이라고 다르지 않다.

천중산에서 이우경의 홍염장에 한 줌 잿더미가 되어 목숨을 잃은 표사만 모두 스물두 명이었다.

그중에는 당시 위진표국 내에서는 물론이고 하남 최고의 표사로 인정받던 총표두 이진백도 있었다.

그런 홍염마수가 삼절표랑에게 죽었다.

처음에 그 소식을 들었을 때는 반신반의했다.

하지만 단신으로 삼원표국을 발칵 뒤집어엎었다는 소식이 연이어 들려오자 반신반의는 사라지고 대신 욕심이 생졌다.

가지고 싶었다.

도하연이 루하를 통해 삼원표국의 미래를 꿈꿨듯이 그 역시 삼절표랑을 가지면 위진표국의 이름이 천룡, 대륙 그 두 표국과도 능히 어깨를 나란히 할 수 있을 거라 생각했다.

그렇게 탐냈던 삼절표랑이다.

'저게 정말 그 삼절표랑이라고? 홍염마수 이우경을 죽인?'

이제 갓 약관의 청년이라는 소문은 들었다.

하지만 믿지 않았다.

소문이란 것이 다 그렇듯이 과장되고 와전된 것이라 생각했다.

홍염마수를 죽이고 단신으로 삼원표국의 표사들을 요절낸 고수가 아무렴 약관의 청년일 리가 없는 것이다.

그런데 막상 두 눈으로 확인하고 보니 이건 소문보다 더 어렸다.

어린 것도 어린 거지만 행색도 그렇고 풍기는 기운도 그렇고, 도무지 청년 고수와는 거리가 멀다.

'대체 저게 어딜 봐서 삼절표랑이라는 거냐고!'

하지만 의심하고 거부해도 단 하나 부정할 수 없는 것이 있다.

위서진이 자신의 손바닥을 내려다보았다.

루하의 목검을 막았던 손이 여전히 얼얼했다. 팔목에서부터 팔꿈치, 어깨에 이르기까지 아직도 마비 증상이 있다.

녀석의 목검을 통해 밀려들던 항거할 수 없는 힘.

만일 그때 도하연이 끼어들지 않았더라면 자신의 머리는 두 쪽이 되어 뇌수를 뿌렸을 것이다.

그때를 다시 생각해도 안도보다는 짜증이 먼저 치밀어 오른다.

저 볼품없어 보이는 어린 애송이가 삼절표랑이라는 것도 짜증스러웠고, 그 애송이가 자신을 모욕 준 것도, 모욕의 대가를 받아내기는커녕 도리어 혼쭐이 날 뻔한 것도, 그 굴욕의 순간을 도하연이 목격했다는 것도 다 짜증 났다.

무엇보다 그의 속을 뒤집어 놓는 것은 지금 이 순간 루하에게서 눈을 떼지 못하고 있는 도하연의 모습이었다.

자신에게는 한 번도 보여 준 적이 없는 따뜻하고 애틋한 눈길이다.

때로는 하염없는 눈으로 루하를 보기도 하고 때로는 루하의 눈길에 살짝 수줍은 미소를 보이기도 한다.

그것이 뭘 뜻하는지 어찌 모를까.

'빌어먹을!'

이번 표행에 도하연이 직접 참가한다는 소식을 듣고 한달음에 여기까지 달려왔다.

쉬지 않고 달려오며 항상 머릿속으로 꿈꾸었던 도하연의 모습이 바로 저랬다.

그러나 그것은 자신을 향한 것이어야 했다.

저 수줍은 미소도, 애틋한 눈길도 오직 자신을 향한 것이어야 했는데 어찌하여 다른 사내를 향해 저런 미소를, 저런 눈빛을 보인단 말인가.

도저히 눈꼴셔서 보고 있을 수가 없다.

성질 같아서는 당장 저 재수 없는 애송이에게 생사투라도 신청하고 싶지만 그것이 무모한 객기란 것도, 그 객기의 대가가 어떠하리란 것도 잘 알고 있었다.

지금 위서진이 할 수 있는 것은 그저 이 자리를 벗어나 두 남녀의 눈꼴신 모습을 보지 않는 것뿐이었다.

그리해 위서진은 식사를 하는 둥 마는 둥 하고는 서둘러 객잔을 나섰다.

하지만 그조차도 여의치가 않았다.

그가 막 문을 나서려는 순간 마침 객잔 안으로 일단의 사내들이 밀려들어 온 것이다.

"……."

그 바람에 주춤주춤 뒤로 물러섰다.

그러나 그것은 단지 길이 막혔기 때문이 아니었다. 길이 막혔다고 뒷걸음질 칠 만큼 인생 숙이며 살아오지 않았다.

그가 걸음을 물린 것은 순전히 사내들이 뿜어내는 기도에 압도되었기 때문이었다.

그로 인해 위서진은 주춤주춤 뒤로 물러서는 것으로도 모자라 엉덩방아라도 찧을 듯이 비틀거려야 했다.

'천, 천룡표국……!'

그랬다.

그 존재감만으로도 주위를 압도하며 모두의 시선을 단번에 잡아끄는 사내들은 안휘의 대륙표국과 더불어 명실상부 대륙 최고라 일컬어지는 호북성의 천룡표국이었다.

"결국 천룡표국에서도 왔군요."

도하연의 말에 루하는 새삼스러운 눈으로 사내들의 면면을 살폈다.

'역시!'

그저 얼핏 보는 것만으로도 고개가 절로 끄덕여진다.

지금까지 그가 만났던 표사들과는 차원이 달랐다.

삼원표국이나 위진표국의 정예들과도 비교가 되지 않는다.

대륙 최고라는 것, 그중에서도 최고라는 것의 의미가 여실히 피부에 와 닿을 만큼 그들은 강해 보였다.

그렇게 루하가 관심 깊게 천룡표국의 표사들을 살피고 있는데, 천룡표국의 표사들 중 선두에 선 중년의 표사가 객잔 안을 둘러보다 도하연을 발견하고는 대번에 반가운 표정을 하며 도하연에게로 다가왔다.

"이거 삼원표국의 도 국주님이 아니십니까? 그간 무탈하셨습니까?"

중년 표사의 반가운 인사에 도하연이 정중히 예를 갖췄다.

"총표두님도 여전히 건강해 보이시네요. 한데, 담 백부님은 오시지 않았나보군요."

"아무리 제갈세가의 위명이 대단하다고 해도 국주님께서 친히 움직이실 만큼 천룡표국의 이름이 가볍지는 않으니까요."

자부심 가득한 말이다.

그 말이 도하연의 자존심을 긁었다.

"그렇군요. 하긴, 천룡표국에 비하면 삼원표국의 이름은 한없이 가볍죠. 그래서 제가 직접 움직인 거구요."

도하연의 가시 돋친 말에 중년 표사가 당황스럽다는 듯 급히 손사래를 쳤다.

"아니, 제 말은 그게 아니라 어디까지나 천룡표국의 입장이란 것이 있다 보니…… 삼원표국이야 역사로 따지면 비할 곳이 없고, 더구나 선대 국주님은 저희 국주님과는 형제처럼 가까이 지내신 분인데 어느 누가 감히 그 이름을 가볍다 생각하겠습니까?"

사실이었다.

천룡표국의 총표두가 일개 삼성 표국 국주의 눈치를 보는 것도 그 같은 이유에서였다.

하지만 그걸로는 이미 상해 버린 도하연의 기분을 되돌리지 못했다.

"아니에요. 천룡표국에 비하면 삼원표국의 이름이 초라한 것은 사실이죠."

"이거 참, 제가 말실수를 크게 했군요. 정말 별다른 뜻이 있어 한 말은 아니니 너무 괘념치 마십시오."

좀처럼 도하연의 표정이 풀리지 않자 심히 곤혹스러워하던 중년 표사가 문득 도하연과 마주 앉아 있는 루하를 발견하고는 급히 화제를 돌렸다.

"한데, 이분은……?"

중년 표사의 말에 그제야 도하연이 아차 하며 말했다.

"그러고 보니 소개가 늦었네요. 정 소협, 인사 나누세요. 이분은 천룡표국의 염왕도(閻王刀) 양문경(梁文慶) 총표두세요. 그리고 이분은 삼절표랑 정루하 소협이세요."

순간 양문경의 눈에 이채가 번득였다.

그 역시 요즘 한창 이름을 떨치고 있는 삼절표랑에 대해서는 익히 들어 알고 있었다.

그저 급하게 화제나 돌려 보고자 택한 인물이 삼절표랑이란 것에 적잖이 놀랐다.

그 삼절표랑이 이렇게 어리다는 것에도 또 한 번 놀랐다.

그러나 그뿐이었다.

"하하. 이분이 바로 그 유명한 삼절표랑이셨군요. 명성은 익히 들었습니다만 홍염마수를 꺾은 협사가 이렇게 젊은 분이실 줄은 미처 몰랐습니다. 소생 천룡표국의 총표두 양문경이라 합니다."

흘러나오는 말이며 눈빛이며 태도까지, 공손과 반가움을 덧씌우고 있지만 흔들림 없이 태연하다.

홍염마수를 꺾은 삼절표랑이 이렇게 어리다는 것에 놀람을 드러내긴 했지만 홍염마수를 꺾은 그 자체는 그리 대단치 않다는 듯한 태도였다.

허세가 아니다.

숱한 전장을 누비며 쌓아 온 관록이고 또한 스스로의 강함에 대한 자신감이자 여유다.

그것은 비단 양문경뿐만이 아니라 이곳에 들어선 천룡표국의 표사들 모두가 크게 다르지 않았다.

루하의 입장에서는 충분히 기분이 나쁠 만한 상황이었다.

자신을 얕보고 있음도 알고 있었다.

평소의 그였다면 벌써 배알이 뒤틀려서 한마디 쏘아붙였을 것이다.

그런데 이상하게 기분이 나쁘지 않았다.

그 자신감이, 그 여유가 묘하게 멋있어 보였다.

'이참에 천룡표국으로 한번 길을 돌려 봐?'

심지어 쟁자수로 살겠다던 결심마저 뒤로하고 천룡표국의 표사가 되어 저들과 같은 위치에 서고 싶다는 생각까지 하게 되는 루하다.

오히려 지금 이 순간, 천룡표국의 태도에 기분이 상한 것은 사실 루하가 아니라 만수표국의 국주 조철중과 위진표국의 부국주 위서진이다.

'이거야 원, 꿔다 놓은 보릿자루가 따로 없군.'

조철중은 입맛이 썼다.

명색이 그래도 삼절표랑을 거느린 만수표국의 국주인데 인사 한 마디 건네 오지 않는다. 인사를 건네 오기는커녕 그들이 내뿜는 범접하기 힘든 기운에 먼저 말을 붙이기조차 어려웠다.

'이거 정말 내가 못 올 데를 온 것인가?'

처음으로 이번 표행에 참가한 것에 대해 회의감이 든다.

새삼 자신의 위치를 재인식하게도 된다.

도하연의 무시에는 그래도 울컥 화라도 났는데 양문경의 무시에는 그저 자괴감만 들고 탄식만 토하게 된다.

그도 그럴 것이, 그도 천룡표국과 이렇게 마주해 본 것은 처음이었다. 그런데, 명색이 산서 제이 표국을 목표로 하는 표국의 주인인 자신이 저들 천룡표국의 표사 하나도 당해낼 자신이 없다.

정예라고는 하나 천룡표국의 일개 표사 하나가 보내는 시선에 저도 모르게 움찔움찔하게 된다.

그들이 뿜어내는 기도에 숨이 턱 막혀 오고 심장마저 조여 온다.

'우물 안 개구리가 따로 없었던 거로군.'

자신의 꿈이, 야심이 참으로 가소롭고 부질없이 느껴지는 순간이었다.

그런 조철중과는 반대로 위서진은 천룡표국의 표사들이 갑자기 들이닥치는 바람에 나가지도 들어오지도 못하고 어정쩡하게 선 채로 치미는 울화를 가누지 못하고 있었다.

삼원표국의 도하연에게는 깍듯하게 예를 갖추면서, 삼절표랑과도 정중히 인사를 나누면서 위진표국의 부국주인 자신은 아예 본체만체 없는 사람 취급이다.

위진표국으로 말할 것 같으면 삼원표국과는 급이 다른, 무려 다섯 개 성의 길을 연 오성 표국이다.

'제깟 놈들이 천룡표국이면 천룡표국이지 감히 우리 위진표국을 무시해?'

천룡표국의 눈에는 삼성 표국이든 오성 표국이든 다 거기서 거기란 것은 안다.

별 관심 두지 않는 사람들의 눈에는 가재나 새우나, 두꺼비나 개구리나, 귀뚜라미나 여치나 다 거기서 거기인 것처럼 천룡표국의 그 높고 오만한 눈에도 삼원표국과 위진표국이 그렇게 보일 거란 건 잘 알고 있다.

천룡표국이니까.

최고 중의 최고에게 그 정도의 오만함쯤은 당연한 권리니까.

그럼에도 분을 참기가 힘든 것은 오늘 하루 그만큼 정신적으로 몰려 있었기 때문이다.

정말이지 굴욕의 연속이다.

약관도 되지 않은 새파란 애송이에게 씻을 수 없는 굴욕을 당했고 그 굴욕의 순간을 마음에 둔 여인에게 고스란히 보여줘 버렸다.

거기다 이젠 가장 인정받고 싶어 했던 천룡표국으로부터 철저하리만치 무시를 당하고 보니 이젠 분노를 넘어서 악만 받칠 지경이다.

그리고 그 모든 악감정은 고스란히 루하를 향했다.

'그래! 이게 다 저놈 때문이다!'

루하만 없었다면 뒷간에서 굴욕을 당할 일도, 그리해 그 순간을 도하연에게 들킬 일도, 지금 이렇게 철저히 소외될 일도 없었을 것이다.

'두고 보자! 기필코 오늘의 이 치욕을 갚아 줄 날이 있을 것이다!'

여자가 한을 품으로 오뉴월에도 서리가 내린다고 했던가?

하지만 사내가 한을 품는 것에 비할 바는 아니다.

사내가 한을 품으면 단지 서리가 내리는 데서 그칠 게 아니라 시체로 산을 쌓고 피로 바다를 만들기도 하니까.

뭐, 그러거나 말거나 도하연과 양문경, 그리고 루하는 위서진에게는 누구 하나 눈길조차 주지 않은 채 마치 원래부터 일행이었던 양 스스럼없이 동석을 하고는 이야기꽃을 피웠다.

"대륙표국에선 오지 않는다고요?"

도하연이 의아히 물었다.

"예. 대륙표국은 이번 표행에 참여하지 않는다 들었습니다."

양문경의 대답에 이번엔 루하가 의아해했다.

"제가 듣기로는 대륙표국에도 의뢰가 들어갔다고 하던데요?"

"아닙니다. 각 성 최고의 표국들을 선별한 표행이니만큼 당연히 대륙표국에도 의뢰가 들어갔을 거라 생각하고, 실제로도 그런 소문이 나긴 했지만 대륙표국에는 의뢰가 들어가지 않았습니다. 팔공산을 넘어야 하는 길인 만큼 그쪽 지리에 밝은 대륙표국이 저희 천룡표국보다 훨씬 더 유용한 게 사실인데도 대륙표국은 제외되었습니다. 대륙표국뿐만이 아닙니다. 안휘성을 터전으로 하는 표국들은 이번 표행에서 철저히 배제되었다 들었습니다."

"아니, 왜요?"

제갈세가만 해도 안휘성의 합비에 위치해 있었고 그곳으로의 표행이었다.

가장 최우선으로 선택되었어야 할 대륙표국인데 오히려 제외되었다니?

도무지 이해가 안 되는 루하다.

그런 루하와는 달리 도하연은 뭔가 짐작되는 것이 있다는 표정이었다.

"혹시 남궁세가 때문인가요?"

도하연의 물음에 양문경은 고개를 끄덕였다.
루하가 되물었다.
"남궁세가요? 남궁세가가 왜요?"
양문경이 대답했다.
"제갈세가가 남궁세가와 같이 안휘성에 터를 잡고 있긴 하지만 명실 공히 안휘성의 패주는 정통의 무문인 남궁세가입니다. 대륙표국도 남궁세가의 영향력에서 결코 자유로울 수 없는 곳입니다. 현 대륙표국의 국주 낙일신검(落日神劍) 장일산(將日産)만 해도 남궁세가의 방계제자니까요. 대륙표국뿐만 아니라 안휘성에 터를 잡고 있는 표국이라면 전부 다 남궁세가의 영향력 아래 있다고 해도 과언이 아닐 겁니다. 제갈세가는 그걸 꺼리는 것입니다."
"편한 관도를 놓아 두고 팔공산을 택한 것부터가 남궁세가의 눈을 피하겠다는 뜻일 테니까요."
"그렇습니다. 남궁세가의 눈과 귀가 될 수 있는 요소들은 철저히 배제하려는 의도일 겁니다."
"그만큼 제갈세가가 이번 표행의 표물을 감추는 데 필사적이라는 뜻이구요. 이번 표물…… 대체 뭘까요? 혈교의 혈마동에서 나온 물건임은 틀림없는 것 같은데…… 아무리 혈교의 물건이라고 해도 이렇게까지 철저히 감춰야 하는 물건이란 건 대체……."

도하연이 혹시나 하는 시선으로 양문경을 보았다.

하지만 양문경도 아는 것이 없긴 마찬가지인 듯 어깨를 으쓱해 보일 뿐이다.

그때 루하가 기다렸다는 듯이 그 둘을 의미심장한 눈빛으로 보며 말했다.

"우리 한번 확인해 보죠?"

"확인해 보다뇨?"

"설마 표물에 손을 대기라도 하자는 말씀입니까?"

"궁금하잖아요?"

"안 될 말이에요."

"아니 될 말씀입니다. 어찌 표사가 표물에 손을 댄단 말입니까?"

"뭘 또 그렇게들 정색을 하세요? 표물을 훔치자는 것도 아니고 그냥 잠깐 구경만 하자는 건데? 솔직히 까놓고 말해서 목숨 걸고 하는 일인데, 우리한테도 뭘 위해 목숨을 거는지 정도는 알 권리가 있는 거 아니에요?"

"의뢰받은 표물에 대해서는 탐하지도, 궁금해하지도 않는 것이 표사의 본분입니다. 고객들은 그걸 믿고 표국에 표물을 맡기는 것입니다."

"표물을 지킨다는 것은 그 비밀까지도 지킨다는 뜻이에요. 소협의 말씀은 못 들은 것으로 할게요."

일고의 가치도 없다는 듯 단박에 잘라 버리는 양문경과 도하연이다.

그들의 태도가 워낙에 단호해서 루하도 더는 거기에 대해 말을 하지 않았다.

하지만 그렇다고 마음이 흔쾌한 것은 아니었다.

'거참, 고지식하기는. 그냥 잠깐 구경이나 하자는 건데 표사의 본분까지 들먹일 필욘 없잖아?'

그렇긴 해도 그들의 입장이 이해가 되지 않는 것은 아니었다.

도하연은 삼원표국의 주인이었고 양문경은 천룡표국을 대표하는 신분이었다.

제갈세가의 표물을 허락 없이 구경하려 했다가 자칫 들키기라도 하는 날에는 제갈세가로부터 그 죄를 추궁받게 될 것은 물론이고 삼원표국과 천룡표국의 명성에까지 큰 해가 될 수도 있는 것이다.

그런 면에서는 루하는 그들과 입장이 달랐다.

도하연처럼 만수표국을 대표하는 입장도 아니고 양문경처럼 딱히 표사로서 지켜야 할 본분이 있는 것도 아니다.

'나야 뭐 일개 쟁자수일 뿐이니까.'

그러니까 표물 좀 훔쳐본다고 해서 그게 뭐 그리 대수랴.

궁금한 걸 못 참는 성격은 아니지만, 그들의 꽉 막힌 사고에 맞닥뜨리고 보니 이젠 호기심에 더불어 오기까지 생겼다.

'흥! 나중에 궁금하다고 나한테 물어보지나 마시지! 절대로 안 가르쳐 줄 테니까!'

* * *

"저자, 천룡표국의 양문경 총표두지? 역시 천룡표국도 이번 표행에 참가하는군."

"당연하지. 이런 대단한 표행에 천룡표국이 빠질 리가 없잖은가."

"와! 저 소저는 누구지? 뭐가 저리 예뻐?"

"예끼, 이 무식한 사람하고는. 삼원표국의 도하연 국주 아닌가."

"아? 그 산서제일미라는? 오호! 역시 소문대로 절세가인이로구만!"

"저 어린 청년이 그 소문의 삼절표랑이라며?"

"그래? 한데 삼원표국의 국주와 친해 보이는데? 소문에는 삼원표국과 철천지원수지간이 되었을 거라 하던데, 아닌가?”

“그러게. 소문에는 무공도 무공이지만 송옥과 반안에 버금가는 절세의 미남자라고도 하던데…… 역시 소문이 다 사실은 아닌가 보네. 저게 어딜 봐서 절세의 미남자야? 절세의 미남자는커녕 도 국주 옆에 있으니 말린 오징어나 다름없구만.”

‘마, 말린 오징어?’

루하는 주위에서 들려온 그 말에 인상을 팍 구겼다.

‘이보라고! 지금 이 얼굴도 조화지기 덕분에 그나마 나아진 건데, 조화지기를 얻기 전의 내 얼굴은 그럼 어땠다는 거냐고!’

이젠 화낼 기운도 없다.

한두 번 듣는 것이 아니다.

의도치 않게 대륙 제일 표국의 총표두와 산서 제일의 미녀를 양 옆에 끼고 동행을 하다 보니 장북으로 향하는 내내 사람들의 주목을 받아야 했고, 그때마다 그는 단지 도화연과 같이 있다는 이유만으로 뭇 사내들의 질투와 부러움 속에 말린 오징어도 되었다가 찌그러진 호박도 되었다가 비 오는 날 먼지 나도록 두들겨 맞은 동네 강아지가 되기도 했다.

장북에 도착하고 보니 그 같은 시선은 더 많아졌다.

길을 걷는 내내 사람들의 시선이 뒤통수를 따갑게 한다.

양문경이나 도화연은 그러한 사람들의 시선이 익숙해 보였지만 루하는 그저 고단하고 피곤하기만 할 뿐이었다.

"패상초원까진 아직 멀었어요?"

루하가 지긋지긋하다는 얼굴로 물었다.

장북의 패상초원 입구.

중원 대륙의 최북단, 국경의 끝.

이번 표행의 집결지다.

"이제 한 시진 후면 도착할 수 있을 거예요."

도하연의 말은 정확했다.

정확히 한 시진 후, 루하의 시야에 드넓은 초원이 펼쳐졌다.

그 초원이 시작되는 곳에 여러 표국의 깃발들이 나부끼고 있었다.

거의 대륙 각 성을 대표하는 수백 명의 표사들이 그렇게 한자리에 모이고 보니 그 위압감이란 것은 실로 대단했다.

하지만 지금 이 순간 루하의 시선을 사로잡은 것은 그 수백 명의 표사들이 아니었다.

그들 너머로 저 뒤에 보이는 수레였다.

족히 일백 대는 넘어 보였는데 그 하나하나가 일반의 수레보다 훨씬 더 컸다. 심지어 뼈대는 철재에, 무려 여섯 필이나 되는 말이 수레 한 대에 연결되어 있었다.

그럴 수밖에 없었다.

수레에 실려 있는 표물이 다름 아닌 돌로 만들어진 짐 상자, 즉, 석궤였던 것이다.

확인할 수는 없지만 두께가 얇다고 쳐도 족히 그 무게가 수천 근은 나갈 것 같았다.

말 한두 필로 끌 수 있는 무게가 아니었다.

'대체 저 안에 뭐가 든 거지?'

다시 고개를 치켜드는 의문.

그러나 의문은 잠깐이었다.

지금 이 순간만큼은 의문보다 일 걱정이 더 컸다.

'저걸 끌고 팔공산을 넘는다고?'

도적이 문제가 아니다.

아무리 여섯 필의 말이 앞에서 끈다고 해도 산을 넘으려면 수레 한 대에 쟁자수가 얼마나 달라붙어야 할지 모른다.

거기다 비라도 와서 땅이 질퍽해지기라도 하면 그땐 어떻겠는가?

'이거 완전 죽어나겠는데?'

그제야 쟁자수들까지 이렇게 많이 불러 모은 이유를 알 것 같았다.

'이거 괜히 쟁자수로 참여한다 한 건가?'

이렇게 되고 보니 도적의 창칼보다도 저 짐수레가 더 무섭다.

'이제라도 그냥 표사로 전향할까?'

그렇게 심각하게 고민을 하고 있을 때였다.

갑자기 주위가 부산스러워졌다.

무슨 일인가 싶어 의아해하는데, 총표두 이지상으로부터 귀띔을 받은 도하연이 사뭇 무거워진 표정을 하고는 말했다.

"제갈세가에서도 도착을 한 모양이에요."

도하연뿐만 아니었다.

이곳에 모인 표사들 모두가 한층 더 무겁고 진지한 눈빛으로 전방을 주시하고 있었다.

그것은 양문경이라고 예외가 아니었다.

이곳까지 오는 동안 언제나 여유롭기만 하던 그였다.

그런데 지금 이 순간만큼은 그의 얼굴에서 여유가 사라졌다.

사라진 여유 대신 긴장이 들어찼다.

그것이 제갈세가의 이름이었다.

천룡표국의 총표두이자 천룡표국 최고의 표사라는 양문경조차 그 이름만으로도 긴장하게 만드는 것, 그것이 육대가문이 가진 무게감이었다.

그렇게 묘한 긴장감 속에서 루하도 모두의 시선이 향한 곳으로 눈을 던졌다.

얼마 후, 제갈세가의 무사들이 그런 루하의 시야 속으로 들어왔다.

잠깐의 정적이 흘렀다.

그리고 표사들 사이에서 작은 웅성임이 일었다.

"제갈세가의 소가주가 이번 표행을 이끄는가보군."

"저자가 그 옥면금선(玉面金煽) 제갈휘(諸葛輝)인가? 역시 소문대로 절세미남이로구만."

"아니지, 아니야. 저 정도면 오히려 소문이 부족할 지경이지. 어찌 사내자식의 별호에 옥면이 붙었나 했더니, 지금 보니 그보다 더 적합한 별호가 없겠구만."

여기저기서 감탄을 토한다.

그 감탄의 주인공은 가장 선두에서 제갈세가의 무사들을 이끌고 있는 약관의 미청년이었다.

얼핏 보기에도 타고 있는 말은 전설의 팔준명마에 비견될 정도고 한 손에는 금빛 찬란한 부채를 들었다.

사람들의 웅성거림대로 절세의 미남이란 바로 저런 사람을 두고 하는 말인 것 같았다.

저 사내와 비교하면 누구든 말린 오징어 신세를 면치 못

할 것 같았다.

그만큼 옥면금선 제갈휘의 외모는 뛰어났다.

하지만 그에 대한 감탄은 잠깐이었다.

제갈휘의 뒤로 아직은 앳된 소녀 하나가 등장한 순간, 제갈휘에게 쏟아지던 감탄과 찬사는 모조리 그 소녀에게로 몰렸다.

"아!"

짧은 첫 감탄성이 누군가의 입에서 토해진 후로,

"누, 누구지? 무슨 여자 애가 저렇게…… 사람이야, 선녀야?"

"월궁의 항아가 따로 없구만. 왕소군이고 서시고 초선이고 간에 저 소저 앞에서는 죄다 빛을 잃겠는걸?"

"저걸 경국지색이라 해야 하나 폐월수화라 해야 하나? 살다 살다 내 평생 저렇게 예쁜 여자는 정말이지 처음 보는군!"

여기저기서 감탄을 넘어 경외의 말들의 흘러나왔다.

산서제일미라는 도하연을 보았을 때도 이 정도의 반응은 아니었다.

아니, 도하연과 비교하면 실제로 보름달과 반딧불의 차이라고 해도 과언이 아닐 만큼 소녀의 미색은 가히 인세의 것이 아닌 듯싶었다.

그 소녀를 보며 놀람을 지우지 못하고 있는 것은 루하도 마찬가지였다.

하지만 그 놀람은 다른 사람들과 사뭇 다른 종류의 것이었다.

'저거…….'

아는 얼굴이다.

많이 변했지만…… 한 번도 저렇게 잘 꾸며진 모습은 본 적이 없었지만…… 혼자서는 분칠 하나 제대로 못해서 귀신처럼 보이던 애를 대체 누가 저렇게 아름답게 꾸며 놓았는지는 모르겠지만…… 그래서 과연 자신이 아는 사람이 맞는지 몇 번을 눈을 부비며 확인하고 또 확인을 해 보지만…… 역시나 아는 소녀다.

'저거…… 설란이잖아?'

그랬다.

저렇게 여성스럽게 꾸며진 모습을 한 번도 본 적이 없어 정말이지 낯선 느낌이지만 모두의 감탄과 찬사를 한 몸에 받고 있는 소녀는 분명 예설란이었다.

'재가 저렇게 예뻤어?'

저게 의선가 장녀의 대외적인 모습인 걸까?

'아니, 그보다 재가 왜 여기 있는 거야?'

의선가에 급한 일이 있다며 홀연히 사라졌던 그녀가 왜

여기에 나타난 것일까?

그것도 제갈세가의 소가주와 함께?

생각지도 못한 재회에 루하는 그저 황당하고 어리둥절할 뿐이다.

第五章

그래. 그러니까 얼른 벗기나 해

"아까 그 여자 아이 말이야, 의선가의 장녀라던데?"

"아, 의선가의 장녀라면 천하사대미녀인 검향선녀 단자경의 여식이 아닌가? 어쩐지…… 검향선녀의 딸이 검향선녀를 꼭 빼닮았다더니 과연 피는 못 속이는구만."

"그러게 말이야. 아직 어린 나이에도 그 정도 미모니 이삼 년만 더 있으면 검향선녀의 빈자리를 꿰차고도 남을 게야. 삼원표국의 도 국주도 양귀비가 살아 돌아온 것 같았는데 의선가의 장녀는 그보다 더하니…… 이거 참, 이번 표행은 눈이 호강하겠어."

"자네 눈이 호강해 봤자 뭐하는가? 그래 봤자 배만 아프지. 어차피 그림의 떡 아닌가? 아까 봤잖은가. 옥면금선과 나란히 같이 있는 거."

"하긴, 둘이 잘 어울리긴 하더구만. 선남선녀가 같이 있으니 그야말로 한 폭의 그림이 따로 없더구만."

"한때 옥면신룡과 의선가의 장녀가 정혼을 할 거라는 소문이 있더니 그 소문이 사실이었던 모양이야. 한데, 의선가의 장녀가 이런 곳엔 왜 온 거지?"

"그야 부창부수 아닌가. 바늘 가는 데 실이 가는 거야 인지상정이지. 한창 뜨거울 나이에 어디 낭군님과 한시라도 떨어지고 싶겠는가 말이야."

"하긴, 그렇지. 하하. 한참 좋을 때야. 나도 우리 여편네랑 한시도 떨어지고 싶지 않을 때가 있었는데 지금은 노는 날이 지옥이고 표행 날이 천국이니."

출발은 나흘 후로 잡혔다.

올 사람들은 다 온 터라 딱히 지체할 이유가 없는 것 같았는데, 뭘 더 준비할 게 남았는지 이곳에서 사흘을 더 머물고 나흘째 되는 날 아침에 출발한다고 한다.

그 사이 표사들 사이에선 밤이 깊도록 온통 설란에 대한 이야기뿐이었다.

'선남선녀는 개뿔! 뺀질뺀질하게 생긴 게 천생 기생오라

비가 따로 없더만.'

옆에서 들려오는 표사들의 이야기에 울컥 짜증이 나는 루하다.

'뭐? 정혼? 정혼까지 한 애가 외간남자랑 한 집에서 뒹굴었을 리가 없잖아!'

루하가 신경질적으로 설란이 있는 막사 쪽으로 시선을 던졌다.

'도대체가 말이야, 의선가에 급한 일이 있어 가는 거라 했으면서 여긴 왜 나타난 거냐고! 그것도 그 재수 없는 기생오라비랑 같이! 게다가 아까 그 태도는 또 뭐야? 분명 나랑 딱 눈이 마주쳤으면서 왜 생판 처음 보는 사람 보듯이 생까고 지랄이냐고! 의선가의 장녀쯤 되시니까 나 같은 놈이랑은 아는 척하는 것도 창피하단 거야, 뭐야?'

생각하면 할수록 더 열 받는다.

'흥! 그래. 관두자고 관둬! 나야 아쉬울 거 없으니까! 동생 치료고 뭐고 간에 나도 이제부턴 생까겠다 이거야!'

단단히 삐친 루하는 더는 주위의 잡소리에 신경 쓰기 싫어서 자신의 막사로 들어가 누웠다.

어차피 사흘 후부터는 쉬고 싶어도 제대로 못 쉬게 될 게 뻔하니 그때까진 잠이나 푹 자두자는 생각이었다. 그런데 막상 자리에 눕고 보니 오히려 잡생각만 더 많아진다.

뒤척뒤척.

뒹굴뒹굴.

"아, 정말! 환장하겠네! 고 계집애 대체 뭐냐고! 정말 그 사이 정혼이라도 한 거야? 혹시 급한 집안일이라는 게 정혼 얘기였던 거야?"

아무리 생각을 안 하려고 해도 머릿속은 온통 그 생각으로 가득 차서 떨쳐지지를 않는다.

그때였다.

갑자기 막사 밖에서 부스럭거리는 소리가 들리는가 싶더니, 마치 도둑고양이처럼 작은 사람 그림자 하나가 조심스럽게 그의 막사 안으로 들어왔다.

설란이었다.

"야! 너……!"

"쉿! 조용히 해. 다른 표사들한테 들켜서 이상한 소문이라도 나면 어쩌려고 그래."

"뭐? 이상한 소문? 왜? 정혼자한테 파혼이라도 당할까 봐 겁나? 그럴 거면 여긴 왜 왔어? 아까는 잘도 생까더만?"

"조용히 좀 하라니까. 어쩔 수 없잖아. 대외적으로 의선가의 장녀로 온 건데, 요즘 한창 주목받고 있는 삼절표랑이랑 아는 척해 봐야 이상한 구설만 생길 게 뻔하고. 나 때문에 의선가의 이름에 누가 되게 할 순 없잖아. 그리고 정혼자는 또 뭐야?"

"제갈세가의 소가주랑 정혼한 거 아냐? 다들 그렇게 말하던데?"

"무슨 소리를 하는 거야? 내가 정혼을 왜 해?"

"아냐?"

"아니지 그럼! 향이 상태가 그런데 정혼은 무슨 정혼이야? 작년에 제갈세가에서 청혼이 들어오긴 했지만 정중히 거절했어."

"그럼 제갈세가의 소가주랑은 아무 사이 아냐?"

"아냐."

"그래?"

낮부터 시종일관 꿍한 채 구겨져 있던 루하의 얼굴이 언제 그랬냐 싶게 활짝 펴졌다.

"그럼 대체 여긴 왜 온 거야? 의선가에 급한 일이 생긴 거라며?"

"그 급한 일이 이번 표행이니까."

"그건 또 무슨 말이야?"

"이번 표행 건으로 제갈세가에서 우리 의선가에 의뢰를 해 왔어."

"의뢰라니? 무슨 의뢰?"

"표물과 관련해서 우리 의선가의 의학적 지식을 빌려 달라는 거였어."

"그럼 혹시 넌 표물이 뭔지 알고 있어?"

"알고 있지. 그것 때문에 여기 온 거니까."

"대체 뭐야? 대체 표물이 뭐길래 이렇게 거창하게 표행을 꾸린 거야? 아까 보니까 석궤던데, 그 안에 대체 뭐가 들어 있는 거야?"

뭐길래 동생의 목숨 줄이나 다름없는 자신을 내팽개쳐 두기까지 하면서 설란이 여기에 있는 것일까?

설란이 냉정히 고개를 저었다.

"아무리 너라도 말 못 해. 이건 어디까지나 의선가와 제갈세가 사이에 맺은 거래이자 약속이니까. 제갈세가에서 의선가를 믿고 의뢰를 해 온 것인데 내가 함부로 그 신뢰를 깰 수는 없어. 더구나 자칫 밖으로 새어 나가기라도 하는 날이면 제갈세가는 물론이고 이 일을 돕기로 한 우리 의선가마저 큰 곤란에 처하게 될 수도 있는 일이고."

말투는 부드러웠지만 그 속의 내용은 단호했다.

그러니 오히려 더 궁금해진다.

자칫 큰 곤란에 처하게 될지도 모르는 일임에도 불구하고 의선가가 제갈세가의 의뢰를 수락했다는 것이 또한 새삼 호기심을 자극한다.

하지만 묻지 않았다.

묻는다고 대답해 줄 성격도 아니고 그럴 만한 사안도 아니었다.

"근데 왜 너야? 의선가에 사람이 너만 있는 건 아니잖아?"

"할아버진 향이를 돌봐야 하고 아버진 의선가를 지켜야 하니까. 그렇다고 제갈세가의 의뢰를 직계가 아닌 사람에게 맡길 수는 없는 노릇인 데다가 제갈세가에서 날 지목하기도 했고. 게다가…… 너도 이번 표행에 참여한다는 소식을 들었으니까."

설란의 말에 루하가 히죽 웃었다.

"날 보고 싶었던 거군. 하긴 나란 놈, 한 번 빠져들면 도저히 헤어 나올 수 없는 치명적인 매력의 소유자이긴 하지."

"치명적인 매력은 무슨. 아니거든? 제갈세가의 일도 볼 수 있고 네 상태도 확인할 수 있고, 그저 겸사겸사 잘됐다 싶었던 것뿐이거든? 그보다 몸 상태는 어때? 그 사이 다른 변화는 없어? 목(木)의 기운은?"

"아무것도. 목의 기운도 감감 무소식이고."

"음, 역시 독을 써 보는 게……."

"이게 또 그 소리네? 안 한다니까!"

어떻게 된 애가 만나자마자 독 타령이다.

"아무튼 이제 벗어."

"뭐?"

"옷 벗으라고. 독은 싫다니 금침대법이라도 해야지. 그동안 너무 쉬었잖아."

"여기서? 지금? 꼬박 세 시진은 걸리는데?"

처음에는 다섯 시진 걸렸던 것이 루하의 내기가 강성해지고 설란의 침술이 능숙해짐에 따라 지금은 시간이 많이 단축되었다.

하지만 그래도 세 시진이다.

"금침대법을 하고 나면 너 한나절은 푹 쉬어 줘야 하잖아? 당장 날이 밝으면 표행이 시작될 텐데 뒷감당을 어쩌려고?"

"그래서 이걸 가져왔지."

설란이 품속에서 꺼내 든 것은 작은 약병이었다.

약병의 뚜껑을 열자 마치 정신마저 맑아지는 듯 청량한 향이 삽시간에 막사 안을 가득 채웠다.

약병 속에는 여섯 개의 환약이 들어 있었다.

"이게 뭐야?"

"영천속명단. 의선가의 비전특약이지. 이거 한 알이면 소진된 기력쯤은 단번에 회복시킬 수 있어. 제갈세가까지

가는 데 대략 석 달 정도 걸릴 테니까, 그동안 보름에 한 번씩 여섯 번이면 금침대법도 마무리가 될 거야."

"야! 이런 게 있으면 진작에 쓸 것이지 그동안은 왜 괜한 고생을 한 거야?"

금침대법을 하고 나면 하루 꼬박 운기조식을 해야 했던 설란이다. 그걸로도 부족해서 원기가 다 회복되기까지 칠 일은 더 지나야 했다.

영천속명단 한 알이면 기력을 단번에 회복시킬 수 있다면서 그동안은 왜 그렇게 미련을 떨었던 것일까?

"이거 만드는 게 얼마나 힘든 줄이나 알아? 이 안에 들어가는 재료가 어떤 건지나 알고 그래? 이건 그냥 속명단이 아냐. 이거 한 알이면 흔한 만성지병 같은 건 단번에 낫고 이걸 녹여서 상처에 바르면 아무리 깊은 자창이라도 삼칠일이면 흉터 하나 남지 않아. 괜히 의선가의 비전특약이 아니라고. 부르는 게 값인 물건이란 말이야. 이번에야 상황이 상황이라 어쩔 수 없이 가져온 거지만 며칠 쉬면 되는 일에 함부로 쓸 물건이 아니라고."

"그러니까 이게 그 뭐시냐, 만병통치약쯤 된다는 거네?"

루하의 말에 설란이 발끈 눈썹을 치켜 올렸다.

"내가 무슨 시전에서 가짜 약이나 파는 약장수니? 만병통치약이 뭐야?"

"왜? 틀린 말도 아니잖아? 이것저것 다 고친다며?"

아닌 게 아니라 설란이 영천속명단을 자랑할 때는 딱 약장수처럼 보였다.

짓궂게 웃고 있는 루하를 잠시 사납게 노려보던 설란이 신경질적으로 말했다.

"됐으니까 얼른 옷이나 벗어. 날 밝기 전에 끝내려면 지체할 시간 없어."

"정말 할 거야? 지금? 여기서?"

"그래. 그러니까 얼른 벗기나 해."

벗으라니까 벗는다.

한두 번 벗어 본 것도 아니다.

그런데 어쩐 일인지 선뜻 옷을 벗지 못하고 우물쭈물 망설이는 루하다.

"뭐해? 안 벗고?"

"벗어. 벗을 거야. 벗는다고."

하지만 말과는 달리 계속 머뭇거리기만 한다.

"뭐해? 시간 없다니까. 얼른 벗어."

"그럼 일단 돌아서 있어."

"뭐?"

"창피하다고."

"뭐? 새삼스럽게 무슨…… 내 앞에서 옷 벗는 게 어디 한두 번 일이야?"

"예전이랑은 다르니까 그렇지."

"예전이랑 다르다니? 뭐가?"

"너무 예쁘잖아."

"뭐?"

"그렇게 꽃단장을 하니까 완전 딴사람 같단 말이야. 내가 알던 네가 아닌 것 같단 말이야. 영판 딴사람 앞에서 발가벗겨지는 기분이라고."

솔직한 심정이었다.

설란이 예쁘다는 것쯤이야 예전에도 알았지만 지금은 차원이 달랐다.

이렇게 얼굴을 마주하고 있는 것만으로도 심장이 쿵쾅거렸다.

루하의 솔직한 말에 꽤나 당황한 설란이 괜히 신경질을 냈다.

"무, 무슨 소리를 하는 거야. 이상한 소리 말고 얼른 옷이나 벗어. 시간 없다니까."

"알았어. 알았다고. 벗으면 될 거 아냐. 왜 화를 내고 그래."

설란의 재촉에 못 이긴 루하가 결국 옷을 훌렁훌렁 벗었다.

그리해 드러난 루하의 몸은 이젠 정말 무인의 몸이 되어 있었다.

떡 벌어진 어깨와 잔근육과 굵은 핏줄들이 선명한 팔뚝, 과하지도 부족하지도 않게 잘 발달된 가슴과 여실히 드러난 왕 자 복근, 그리고…….

“야! 뭘 그렇게 뚫어져라 보는 거야? 어라? 얼굴은 또 왜 붉혀? 너 지금 이상한 생각했지?”

“이, 이상한 생각은 무슨 이상한 생각이야. 내가 너 같은 줄 아니?”

“근데 얼굴은 왜 빨개지는 건데? 어라? 이젠 귀까지 새빨간데?”

아닌 게 아니라, 지금 설란은 얼굴부터 귀, 심지어 길고 가는 목까지도 잘 익은 홍시처럼 변해 있었다.

얼굴이 화끈거리다 못해 불이라도 나는 것 같다.

‘정말 나 왜 이러지?’

왜 이렇게 부끄러운 걸까?

사내의 알몸이야 많이 보았다.

루하의 알몸도 손가락으로 다 셀 수도 없이 보았다.

그런데 왜 오늘따라 눈 둘 곳을 찾지 못하는 것일까?

“너 진짜 이상해. 설마 오랜만에 만났다고 새삼 내가 남자로 보이는 거야?”

"아니거든! 남자는 무슨, 너 같은 게 남자로 보일 리가 없잖아. 나 이래 봬도 눈 높거든?"

"아니면 아닌 거지, 너 같은 게는 또 뭐야? 듣는 사람 기분 나쁘게."

"니가 자꾸 이상한 소리 하니까 그렇지. 얼른 똑바로 눕기나 해."

설란이 애써 태연한 척하며 침을 꺼내 들었다.

루하의 알몸으로 눈이 갈 때마다 부끄럽다 못해 머릿속이 다 아득해지는 느낌이었지만 호흡을 길게 해 마음을 진정시켰다.

그리고 이내 의원의 마음이 되어 오직 대라환원금침대법에만 집중했다.

루하와 설란의 재회 첫날밤은 그렇게 흘러갔다.

* * *

루하는 아침부터 기분이 좋았다.

간만에 받은 대라환원금침대법 덕에 몸이 한결 가벼워진 것도 있지만 오히려 다른 이유가 더 컸다.

'정혼한 사이가 아니란 말이지?'

제갈세가의 소가주와는 아무 사이가 아니라고도 했다.

그 생각을 할 때마다 저도 모르게 자꾸만 히죽히죽 웃음이 난다.

어제 밤까지만 해도 세상이 온통 다 엿 같은 느낌이었는데 지금은 세상이 온통 화사한 꽃밭이다.

그렇게 미친놈마냥 실없이 히죽히죽 웃어 대던 루하가 불현듯 의아해져서 고개를 갸웃했다.

'근데…… 걔가 정혼을 했든 말든 그게 나랑 무슨 상관이라고 내가 이러는 거지?'

생각해 보니 설란이 정혼을 했든 말든 자신과는 하등 상관이 없는 일이었다.

이렇게 미친놈마냥 히죽댈 이유가 없었다.

'혹시 나…… 걔 좋아하나?'

한 번도 생각해 본 적이 없는 일이다.

먹고 살기 바빠 죽겠는데 사랑이 다 뭔 말이랴.

더구나 설란은 육대가문과도 어깨를 나란히 하는 의선가의 장녀다.

언감생심 꿈도 못 꿀 신분이라 아예 생각조차 못 했던 것인데, 가만히 돌이켜 보니 이건 분명 좋아하는 마음이 맞다.

심지어 지난 일을 하나하나 되짚어 보니 미처 인식을 못 해서 그렇지 이런 마음을 가진 게 꽤나 오래되었던 것 같았다.

'하긴, 오히려 안 좋아하는 게 이상한 거 아냐? 그렇게 예쁘고 나한테 잘해 주는데? 마음씨도 되게 착한데?'

어디 그뿐이랴?

똑똑하고 돈까지 많다.

'그래, 맞아! 좋아하는 게 당연하지!'

미처 자각하지 못했을 때는 아무렇지 않았는데 막상 자신의 마음을 인식하고 보니 감정이 마구 끓어오른다.

주체할 수 없을 만큼 끓어올라서 도저히 가만히 있을 수가 없다.

그 즉시 밖으로 뛰쳐나갔다.

그리고 설란이 있는 숙소로 달려갔다.

하지만 막상 설란을 보자 용암처럼 들끓던 마음이 찬 서리를 맞은 것처럼 차갑게 식어 버렸다.

거기에는 설란만 있는 것이 아니었기 때문이다.

제갈세가의 소가주 옥면금선 제갈휘가 같이 있었다.

더구나 무슨 이야기를 나누는지 사뭇 다정해 보인다.

그 모습을 보자니 총천연색 화사한 꽃밭이었던 기분이 삽시간에 잿빛 황폐한 사막이 된다.

울컥 화가 치밀어 올랐다.

가슴 저 밑바닥에서부터 뜨거운 불기둥이 솟구쳐 오른

다.

'젠장! 저것들 뭐야? 아무 사이 아닌 게 맞아?'

아무 사이 아니라고 하기엔 너무 잘 어울리는 한 쌍이다.

누구 말마따나 한 폭의 그림이 따로 없다.

'가만, 그러고 보니까 제갈세가에서 청혼을 했었다고 했지?'

제갈세가에서 청혼을 넣었다면 적어도 저기 저 기생오라비 같이 뺀질뺀질하게 생긴 녀석은 설란에게 마음이 있다는 뜻이다.

아무리 정략혼이라고 해도 제갈세가의 소가주쯤 되는 자가 마음에도 없는 여자에게 청혼을 할 리는 없을 테니까.

'게다가 이번 표행에 설란을 콕 집어서 지목을 했다는 것도 그렇고…….'

루하의 눈이 날카롭게 제갈휘를 훑었다.

'혹시 저 음흉한 자식이 이참에 쟤를 어떻게 해 보려는 수작인 거 아냐?'

그러고 보니 설란을 보는 제갈휘의 눈빛이 예사롭지 않다.

끈적끈적하고 징그럽다.

다른 사람들이 보기에는 그저 다정다감해 보이는 눈빛이었지만 질투에 눈이 먼 루하의 눈에는 그렇게 보였다.

'이거 고양이에게 생선……이 아니고, 늑대에게 귀엽고 이쁘고 착하고 똑똑하고 돈 많은 어린 양을 맡긴 격이잖아?'

마음 같아서는 당장에라도 둘 사이를 떼어놓고 싶었다.

하지만 아무리 질투에 눈이 멀었다고 해도 육대가문의 차기 주인을 상대로 경솔하게 나설 만큼 앞뒤 분간도 못 하는 기분파가 아니었다.

아무리 요즘 삼절표랑이 잘나간다고 해도 육대가문의 차기 주인에 비할 바는 아니었다.

달리 명문가가 아니다.

날 때부터 무슨무슨 대법이니 하며 임독맥을 타통시키고 천문혈을 열어 최고의 골격을 갖추게 하는 것은 물론이고 내공까지도 물려준다고 들었다.

거기다 좋은 스승에 좋은 무공에 좋은 영약까지, 격이 다른 환경에서 자라 온 자들을 과연 상대할 수 있을까?

'괜히 까불었다가 속절없이 얻어터지기라도 하면 그게 무슨 개쪽이겠냔 말이지.'

더구나 설란 앞에서.

사나이 자존심 상하게.

'으으으으…… 짜증 나! 짜증 나! 짜증 나! 저 기생오라비야 그렇다 치고, 쟤는 또 왜 저래? 아무 남자한테나 그렇

게 헤프게 웃지 말란 말이야!'

'ㅇㅇㅇㅇ…….'

부글부글 속이 끓는다.

이곳에 머문 지 사흘째, 그 사흘 내내 설란과 제갈휘는 마치 한 쌍의 바퀴벌레처럼 붙어 다녔다.

"저 두 사람 말입니다, 참 잘 어울리는군요. 저 둘이 정혼을 했다는 소문이야 사실이 아닐 테지만 지금 모습만 보자면 의선가와 제갈세가가 한 가족이 될 날이 그리 멀지는 않아 보입니다."

"정말 그럴지도요. 제갈세가가 지금은 정통의 무문들에 비해 그 세가 약한 것이 사실이지만 의선가의 장녀와 혼약을 맺는다면 육대가문의 세력 판도도 분명 달라질 거예요. 육대가문 중 말석이었던 단씨세가가 단번에 남궁세가와 어깨를 나란히 하게 된 것도 바로 의선가의 현 가주 예백령과의 정혼이 크게 작용했으니까요. 그나저나 저 예 소저…… 정말 아름다우신 분이네요. 검향선녀를 직접 본 적은 없었지만 예 소저의 자태만으로도 천하사대미녀의 명성이 결코 과장된 것이 아니란 것을 알겠네요."

"제갈 공자도 옥면금선이란 별호가 오히려 부족할 지경의 미남자이고…… 제갈 공자가 아니라면 예 소저의 옆자리가 저렇듯 자연스러워 보이는 사내가 과연 존재할지 모르겠습니다.”

가뜩이나 주위에서 온통 두 사람 이야기로 떠들썩한데, 이젠 그동안 별 말이 없던 양문경과 도하연까지도 옆에서 염장을 질러 댄다.

‘잘 어울리긴 개뿔! 저게 대체 어딜 봐서 잘 어울린다는 거야? 그리고 나도 충분히 자연스러웠거든? 쟤랑 종일 붙어 있었어도 어색한 거 하나도 없었거든?’

물론 그때야 설란이 지금처럼 곱게 꽃단장을 하지는 않았었지만.

사람들이 볼 때는 저렇게 아름다운 여인의 모습이 아니라 털북숭이 남정네의 모습이었던 게 대부분이었지만.

보고 있자니 배알이 뒤틀린다.

눈꼴 시려 못 봐 주겠다.

더 짜증 나는 것은 사람들 눈을 의식해서인지 설란이 지난 사흘 동안 단 한 번도 자신을 찾지 않았다는 것이다.

‘이상한 구설에 오를까 봐 나랑은 아는 척도 할 수 없대 놓고 저 기생오라비랑은 왜 저렇게 붙어 다니는 건데? 나랑 구설에 오르는 건 안 되고 저 자식이랑 구설에 오르는 건 상관없다는 거야? 그럼 뭐야? 결국 그냥 내가 창피하다는 거잖아!’

생각해 보니 열 받는다.

더 짜증 나는 건 자신이 설란에겐 창피한 존재라는 걸 스스로 인정할 수밖에 없는 현실이었다.

급이 달라도 너무 다르다.

이 바닥에서야 삼절표랑의 위명이 높다고 해도 의선가나 제갈세가에 비하면 '떨거지' 그 이상도 그 이하도 아니다. 그 대단해 보이던 천룡표국조차 제갈세가의 부름에 한달음에 달려와 허리를 굽실거리지 않았던가.

'젠장! 세상이 뭐 이따위야!'

한낱 쟁자수 일 때도, 삼절표랑이란 이름을 얻어 제법 신분이 상승한 지금도 어떻게 된 게 하나도 달라진 게 없다.

그렇게 루하가 자신의 처지를 비관하며 속으로 분통을 터트리고 있는데, 양문경이 물었다.

"그건 그렇고, 곧 회의 시간이군요. 정 소협도 회의에 오십니까?"

양문경의 물음에 루하가 어리둥절해하며 반문했다.

"회의라뇨?"

"아, 정 소협께는 연락이 가지 않은 모양이군요. 하긴, 각 표국의 대표자들을 부른 것이니 만수표국은 조 국주님께 연락이 갔겠군요."

"표국의 대표들을 불렀다고요? 왜요? 무슨 회의인데

요?"

"제갈 공자가 직접 회의를 주도한다는 것 말고는 저도 아는 것이 없습니다. 출행이 내일이니 아무래도 앞으로의 표행 일정에 관한 내용이지 않겠습니까?"

제갈휘가 직접 회의를 주도한다고?

"음…… 거기 저도 껴도 돼요?"

사실 표행 일정이니 회의니 그딴 건 관심 밖이었다.

거추장스럽고 불편하고 귀찮다.

그럼에도 가고 싶다는 의사를 내보인 것은 제갈휘라는 사내가 어떤 자인지 궁금해서였다.

첫날, 짤막한 자기소개를 끝으로 설란의 옆에만 붙어 있었지 표사들 앞에는 나선 적이 없는 제갈휘였다. 표행의 통솔과 관리도 그가 아닌, 제갈세가의 총관인 화의수사(華衣秀士) 을지담(乙志曇)이 도맡아하고 있었다.

그러다 보니 멀리서 그 생김만 보았을 뿐 제갈휘의 성격이나 품성, 됨됨이 같은 것은 전혀 알지 못하는 상태였다.

제갈휘가 직접 회의를 주도한다고 하니 처음으로 그를 가까이에서 살필 기회가 왔다는 생각에 꺼낸 말인데, 양문경이 곤란하다는 표정으로 말했다.

"각 표국의 대표자만 모이는 자리라 소협이 오셔도 될는지는 잘……."

표국의 국주이거나, 아니면 양문경처럼 국주의 대리인 자격으로 온 자만이 참석할 수 있는 회의였다. 아무리 삼절표랑이라 해도 제갈휘가 마련한 자리에 허락 없이 함부로 낄 수는 없다는 뜻이다.

하지만 루하는 대수롭지 않게 받아들였다.

국주이거나 국주의 대리인만이 참석할 수 있다면 대리인이 되면 그뿐이니까.

"회의에 저 대신 참석을 하시겠단 말씀입니까?"

"예. 그러니까 국주님은 그냥 쉬고 계세요. 회의 내용은 제가 회의에 다녀와서 알려 드릴게요."

루하의 말에 조철중은 마뜩지 않다는 표정이었다.

대륙 각지에서 내로라하는 표국들이 죄다 모였고 그 표국들의 주인들이 모이는 자리였다. 그 자리에 참석해서 그들과 어깨를 나란히 할 수 있다는 것만으로도 조철중에겐 큰 영광이었다.

그런 만큼 기대가 컸다.

촌놈 주제에 출세했다 스스로 대견해하기도 했다.

그리해 회의 시간만을 손꼽아 기다리던 참인데, 그 영광된 자리를 빼앗기게 생긴 것이다.

마음 같아서는 거절하고 싶었다.

하지만 그럴 수 없다.

지금 그는 루하의 기분을 상하게 할 만한 일은 절대로 해서는 안 되니까.

어떻게든 루하의 마음을 잡아서 만수표국에 뿌리를 박게 해야 하니까.

그것이 회의에 참석하는 것보다 백배 천배 중요하니까.

"그, 그러시게나. 회의가 번잡스러울 거 같아서 그렇지 않아도 귀찮던 참인데 자네가 내 대신 가 주겠다면 나야 고마운 일이지. 하하하."

짐짓 대범한 척 대수롭지 않다는 듯 웃으며 말했지만 입가에 머금는 미소는 억지스럽다 못해 썩어 있었다.

울며 겨자 먹기라는 것이 아마도 이런 경우를 말하는 것이리라.

사실 조철중이 회의에 가고 싶어 한다는 걸 루하도 알고 있었다.

굳이 말하지 않아도 이미 표정에서 '나 회의에 가고 싶어요' 라는 마음이 고스란히 드러나 이었다.

조철중이 왜 회의에 가고 싶어 하는지도 충분히 짐작할 수 있는 일이었다.

그러나 어쩌랴, 질투에 몸부림치는 루하에겐 조철중의 마음 따위 돌볼 여유가 없는 것을.

내 코가 석 자인데 누구 마음을 챙기랴.

'그러게, 억울하면 출세하란 말이 괜한 말이 아니라니까.'

第六章

왜? 질투 좀 하면 안 되냐?

아무튼 그렇게 해서 가게 된 회의장은 그저 넓은 공터였다.

그 공터의 중앙에 열여섯 개의 의자가 적당한 간격을 두고 반원을 그리듯 놓여 있었다.

표행에 참가하는 열여섯 표국의 대표자들을 위한 자리였는데, 정해진 시간을 반 각 앞두고 모든 자리가 그 주인을 찾았다.

그리고 정해진 시각이 되자 그들의 앞에 제갈휘가 섰다.

열여섯 자리 중에 루하가 위치한 곳은 중앙에서부터 왼쪽으로 세 번째 자리였다.

그래서 제갈휘와 정면으로 마주하진 않았지만, 오히려 그 비스듬한 각도로 인해 오뚝한 콧날과 깊고 강한 눈매가 제대로 살아 있었다.

'진짜 드럽게 잘생겼네.'

거리도 불과 이 장 남짓.

멀리서 볼 때에도 생긴 것만큼은 참 잘생겼다 싶었지만, 이렇게 가까이서 보니 이건 도무지 사람의 것이 아닌 것 같았다.

사내인 자신마저 잠시간 넋을 놓고 보게 될 지경이다.

"제가 여러분들을 이렇게 청한 것은 다름이 아니라 앞으로의 일정을 숙지시켜 드리고자 함입니다."

모두가 묵묵히 지켜보는 가운데서 그렇게 운을 뗀 제갈휘가 고개를 끄덕여 신호를 보내자 옆에 있던 수하 하나가 각 표국의 대표자들에게 서류 한 장씩을 돌렸다.

받아 보니 날짜와 시각이 쭉 길게 나열되어 있고 그 옆으로 표국의 이름이 기재되어 있었다.

"이게 무엇이오?"

누군가 의아히 물었다.

제갈휘가 대답했다.

"당직 순번입니다. 거기에 적힌 대로 하루에 두 개 표국이 표물의 경계와 불침번을 담당하게 됩니다."

지금까지는 딱히 당직이 없었다.

제갈세가의 무사들이 표물의 경계를 도맡아 했었다. 하지만 본격적으로 표행이 시작되면 그 역할은 온전히 각 표국에서 전담해야 했다.

"분명히 당부드릴 것은 표물의 경계를 맡는 표국은 어떠한 경우라도 자리를 비워서는 안 된다는 것입니다. 또한 어떠한 경우라도 표물에 손을 대서는 안 되며 그 어느 누구라도 표물에 손을 대게 해서도 안 됩니다. 만일 이것이 지켜지지 않는다면 그 표국은 이번 표행에서 제외되는 것은 물론이고, 제갈세가의 이름을 걸고 그 책임 또한 엄중히 물을 것입니다."

곱상한 얼굴과는 달리 이 순간 제갈휘의 눈은 위엄과 권위로 무겁게 빛나고 있었다.

결코 허투루 하는 말이 아니다.

제갈세가의 이름까지 내건 이상 표물에 대한 경계를 조금이라도 소홀히 한다면 그 대가는 실로 클 것이다. 마음만 먹는다면 표국 하나 문 닫게 하는 정도는 간단히 해치워 버릴 수 있는 것이 제갈세가가 가진 힘이니까.

제갈휘의 말에 분위기는 한층 엄숙해졌다.

그런 좌중을 둘러보며 제갈휘가 말을 이었다.

"그리고 앞으로의 이동 경로를 말씀드리겠습니다. 우리

는 이곳에서부터 선화를 거쳐 적성, 풍녕, 당산, 천진을 통해 산동성으로 들어갑니다. 산동성에 들어가면 경운, 치박, 림기를 거쳐 곡부, 제녕, 단현을 통해 안휘성으로 들어갑니다. 안휘성 이후의 경로는 이미 개별 통보를 드렸던 사항이니 생략하겠습니다."

제갈휘의 말대로 안휘성 이후의 경로야 모두 알고 있었다.

안전한 관도를 버리고 회북, 와양을 거쳐 그 악명 높은 팔공산을 넘는다.

제갈세가의 이번 표행이 무림의 큰 반향을 일으킨 것도 그 같은 괴이한 이동 경로 때문이지 않던가.

하지만 괴이하기는 지금도 마찬가지였다.

모두가 이해가 안 된다는 듯 어리둥절한 표정을 하고 있었다.

그도 그럴 것이 제갈휘가 말한 이동 경로는 어처구니없을 정도로 멀리 돌아가는 길이었다.

"공자, 이건 좀…… 너무 멀리 돌아가는 것이 아닙니까?"

양문경이었다.

"목적지인 합비까지는 넉넉하게 석 달이면 당도할 수 있는 거리인데, 공자의 말씀대로 하면 거기서 족히 두 달은 더 지체될 것입니다."

"지체되는 것에 따른 추가 표행비는 충분히 지급해 드리겠습니다."

제갈휘의 대답에 누군가의 짜증 섞인 목소리가 터져 나왔다.

"지금 추가 표행비가 문제가 아니잖아요!"

루하였다.

가뜩이나 제갈휘에 대한 감정이 좋지 않던 참에 돈이면 다 된다는 식의 거만한 태도까지 겹치자 배알이 뒤틀린 것이다.

제갈휘가 루하를 보며 눈살을 찌푸렸다.

"어느 표국의 분이십니까?"

사실 아까부터 묻고 싶었다.

각 표국의 대표자들이 모인 자리에는 너무도 어울리지 않는 앳된 얼굴의 소년이 줄곧 자신을 향해 고까운 눈빛을 던져 오니 대체 누군지, 왜 자신을 향해 이유 모를 적의를 보이는 건지 내심 궁금했던 것이다.

"만수표국에서 왔습니다."

제갈휘의 찌푸린 눈살이 조금 더 찌푸려졌다.

'만수표국?'

생소한 이름이다.

만수표국뿐만이 아니다.

표국을 선별한 것은 어디까지나 총관 을지담이었다.

전적으로 을지담이 담당한 일이었기에 이곳에 모인 열여섯 표국 중에 그가 이름이나마 숙지하고 있는 표국은 호북의 천룡표국과 금도표국(金刀鏢局), 하남의 위진표국과 유성표국(流星鏢局) 정도였다.

하지만 사실 만수표국이 어떤 곳인지는 제갈휘에겐 그리 중요한 것이 아니었다.

지금 제갈휘에게 중요한 것은 만수표국이 아니라 루하의 정체였다.

나이도 나이지만 행색으로 보아도 도무지 표국을 대표할 만한 자의 차림이 아니다.

표국을 대표하기는커녕 표사로도 보이지 않았다.

"혹시 실례가 안 된다면 소협의 존성대명을 여쭤 봐도 되겠습니까?"

"정루하라고 합니다."

'정루하?'

이번에도 생소하다.

그때 옆에 있던 도하연이 한마디를 덧붙였다.

"삼절표랑의 이름 정도는 제갈 공자님도 들어 보셨겠죠?"

'삼절표랑?'

이번만큼은 생소하지 않았다.

그래, 들어 보았다.

"아, 홍염마수를 죽인 그……."

"예. 이분이 바로 삼절표랑이세요."

제갈휘의 눈이 새삼스럽게 루하를 훑었다.

'이 아이가 홍염마수를 죽인 삼절표랑이라고?'

홍염마수 이우경은 한낱 도적이라고 가볍게 여길 수 있는 자가 아니었다.

그의 홍염장은 삼매진화의 경지를 넘어 절정에 이르렀다 알려져 있었다.

절정의 내가 고수.

제갈세가에서조차 그만한 경지에 오른 자는 채 열 명이 되지 않았다.

그러나 그가 루하에게 관심을 보이는 것은 단지 루하가 홍염마수를 죽였다는 것 때문만은 아니었다.

오히려 그가 가장 관심을 가지는 부분은 루하의 출신이었다.

'소문에는 구대문파나 북해빙궁과 관련된 자라고 하던데…….'

앳된 얼굴을 보자면 소문이 틀린 것 같지는 않다.

저 어린 나이에 홍염마수를 죽일 정도라면 그 정도의 출신과 배경은 당연한 일이었다.

하지만 뭔가 이상하다.

명문가 출신이라면 바른 몸가짐과 절도 있는 행동거지가 자연스럽게 몸에 배기 마련인데 지금 눈앞에 보이는 이 소년에게선 명문가 특유의 분위기가 전혀 풍기지 않는다.

제갈휘가 그렇게 의아히 자신을 보고 있자 루하가 심히 불쾌하다는 듯 툴툴거렸다.

"뭘 그렇게 사람을 뚫어져라 쳐다보는지…… 아주 닳겠네, 닳겠어. 아무튼 제갈 공자님이 말씀하신 이동 경로는 납득할 수 없어요. 여기 계신 분들 열 일 다 제쳐 두고 힘들게 일정 조정해서 오신 거라구요. 근데 갑자기 일정이 두 달이나 더 늘어나면 그 뒷일을 어떻게 감당하라는 겁니까? 표국이 뭐 그렇게 한가한 줄 아십니까? 이럴 거면 미리 통보라도 해 주셨어야죠."

루하의 말에 제갈휘의 시선이 꽤 길게 루하에게 머물렀다.

별다른 표정 변화는 없었지만 그 속에 담긴 것은 분명 불쾌감이었다.

일단 말투가 무례했다.

시종일관 시비조인 데다 눈빛이며 표정이 지나치게 건방

지다.

'역시 명문가 출신은 아냐.'

저속하고 경박하다.

결코 명문가에서 제대로 된 교육을 받고 자란 자가 아니다.

그런데도 감히 제갈세가의 소가주를 상대로 저토록 건방을 떠는 것은 홍염마수를 죽인 그 알량한 재주를 과신하고 있음이다.

'세상 무서운 줄 모르는 하룻강아지로군.'

그렇게 판단을 내린 순간 오히려 루하에 대한 불쾌감은 바로 사라졌다.

한낱 세상 물정 모르는 하룻강아지를 상대로 진지하게 마음을 부딪친다는 것 자체가 그에겐 격이 떨어지는 일이니까.

그리해 제갈휘는 루하에게서 시선을 거두고 각 표국의 대표들을 둘러보았다.

어차피 이 정도의 반발은 예상했던 일이었다.

"다들 짐작하시겠지만 이번 표행은 상당히 힘들고 험난한 길이 될 것입니다. 도적 떼뿐만 아니라 여러 다른 악재들이 개입될 여지가 다분합니다. 그런 터에 이동 경로를 미리 밝히는 건 위험부담이 너무 크다 판단했습니다. 여러분들에게 미리 통보를 드리지 못한 것도 그러한 이유에서 부득불 그리할 수밖에 없었던 것이니 이 점, 널리 양해를 부탁드립니다."

"그럼 이동 경로를 이렇게 잡은 이유라도 말씀을 해주시죠? 굳이 이렇게까지 먼 길을 돌아가야 하는 이유라도 알아야 우리가 양해를 하든 납득을 하든 할 거 아닙니까?"

"그건……."

제갈휘가 뭐라 대답을 하려는 순간이었다.

"거참, 말 더럽게 많네. 그냥 하라는 대로 하면 될 일을 가지고 뭘 그렇게 일일이 따져? 아무렴 제갈세가에서 아무 이유 없이 그런 경로를 정했을까?"

불쑥 끼어든 목소리에 루하가 돌아보니 위진표국의 위서진이다.

루하가 얼굴을 확 구겼다.

"뭐라구요?"

"아니, 그렇잖소? 표국이 언제부터 의뢰인에게 일일이 다 설명을 듣고 표행을 했냔 말이지. 의뢰인은 지시하고 표국은 의심 없이 따른다. 그게 이 바닥 불문율 아냐? 그게 싫으면 지금이라도 당장 표행을 그만두시든가. 표행 길이 길어지는 데 따른 추가 표행비도 충분히 지급을 해 주시겠다는데 뭐가 그리 불만인 거냔 말이지."

그렇잖아도 뒷간에서의 그 사건으로 불만이 잔뜩 쌓여 있던 위서진이다.

도하연과 양문경이 찰싹 달라붙어 있는 데다 삼절표랑을 차마 직접 상대할 용기는 없어서 그 불만을 내내 속으로 삭히고 있던 중에 마침내 기회를 잡았다.

루하가 감히 겁도 없이 제갈세가의 소가주를 상대로 건방을 떨어 대고 있는 것이다.

그래서 나섰다.

혼자라면 창피만 당할 뿐이지만 제갈세가를 등에 업는다면 삼절표랑쯤이야 전혀 두려워할 것이 못된다.

'이참에 제갈세가의 눈에 들어 두면 그것도 나쁘지 않고.'

루하는 그런 위서진의 생각을 훤히 꿰뚫고 있었다.

짜증이 확 치밀었다.

루하라고 제갈세가라는 이름이 무섭고 두렵지 않은 것은 아니었다.

질투도 질투지만 그 딴에는 여러 표국을 대신해서 정말 크게 용기를 내서 나선 것이었다.

그런데 별 같잖지도 않은 인간이 별 시답잖은 이유로 한창 좋은 분위기에 찬물을 끼얹은 것이다.

당연히 위서진을 보는 루하의 눈이 한층 더 사나워졌다.

하지만 제갈세가를 등에 업은 위서진은 두려울 것이 없다는 듯 고개를 빳빳이 세우고는 콧구멍을 벌렁거린다.

'저게 정말 뒈질라고!'

다시 한 번 울컥했다.

때리는 시어머니보다 말리는 시누이가 더 밉다 했다.

하물며 시어머니와 쿵짝이 맞아서 같이 때리는 시누이라면 얼마나 더 밉겠는가?

맘 같아서는 저 재수 없는 면상에다가 주먹이라도 꽂아 버리고 싶다.

'아니면 명치를 한 대 세게 때려 버릴까? 아주 제대로 피똥 한번 싸게?'

정말이지 그러고 싶을 만큼 화가 난 루하다.

그때 제갈휘가 다시 각 표국의 대표자들을 둘러보며 정중히 말했다.

"사정상 어쩔 수 없이 이동 경로를 미리 통보해 드리지는 못했습니다만, 여러분들의 입장을 세세히 살피지 못한 점은 분명 저희의 불찰입니다. 해서 지체되는 데 따른 표행비를 추가로 지급해 드리는 것은 물론이고, 본가에 무사히 당도하는 대로 약조한 표행비의 두 배를 쳐서 드리도록 하겠습니다. 표국이란 곳이 돈보다 우선하는 게 신용이란 것은 저도 잘 알고 있습니다. 때문에 돈 몇 푼으로 여러분들의 곤란을 다 해결해 드릴 수 없다는 것도 알고 있습니다만 저희 제갈가에서 해 드릴 수 있는 보상이란 게 이런 것뿐이니 부디 널리 이해해 주십시오."

물론 표국에서 가장 중요한 것은 돈이 아니라 신용이다.

각 표국의 정예들이 대거 차출된 상태에서 예정보다 두 달을 더 지체한다면 표국의 운영에 막대한 지장이 초래될 수밖에 없다.

돈 몇 푼으로 해결할 수 있는 일이 아닌 것이다.

하지만 그건 어디까지나 '돈 몇 푼'일 때의 이야기다.

약조한 표행비의 두 배는 결코 돈 몇 푼이라 할 수 없는 금액이었다.

애초에 제갈세가에서 약조한 표행비 자체가 일반적인 표행비의 몇 배나 되는 거액이었는데 거기서 다시 두 배라고 하면 두 달의 지체로 겪게 될 곤란쯤은 얼마든지 감내할 수 있는 돈이었다.

더구나 표물의 경비에 관해 말할 때의 그 고압적인 태도와는 달리 지금은 상당히 정중하고 공손해서 모두의 얼굴에 들어차 있던 불만이 일거에 지워졌다.

"허허. 제갈세가에서 그렇게까지 마음을 써 주신다는데 저희야 그저 감사할 따름이지요."

이곳에서 가장 연장자인 산동 대원표국(大元鏢局)의 국주

공방(孔邦)이 기분 좋게 웃자 장내에 남아 있던 한 줌 불편함마저도 사라졌다.

그 바람에 괜히 먼저 열 올렸다 홀로 뻘쭘해진 루하다.

'젠장! 그 재수 없는 자식만 끼어들지 않았어도…….'

루하가 이를 빠드득 갈았다.

회의를 마치고 자신의 막사로 돌아왔지만 생각하면 할수록 분이 안 풀렸다.

제갈휘도 제갈휘지만 역시 위서진이 더 짜증 났다.

'전부터 꽁해 있는 건 알았지만 하필이면 거기서 날 엿을 먹여?'

위서진이 끼어들지만 않았어도 제갈휘를 좀 더 몰아붙일 수가 있었다.

딱히 뭘 얻어내려는 건 아니었지만 자신을 무시하던 그 태도에 대한 분풀이 정도는 충분히 할 수 있었다.

그런데 위서진이 끼어들면서 자신만 실없는 사람이 되어 버렸다.

각 표국의 대표자들조차 의견이 갈려서야 무슨 말발이 서겠는가 말이다.

루하가 그렇게 위서진을 생각하며 이를 갈고 있을 때였다.

갑자기 막사의 문이 열리고 설란이 들어왔다.

사흘 만이다.

사흘 전 금침대법을 시술한 이후로 아예 코빼기도 비치지 않던 설란이다.

"또 왜 왔어?"

설란을 보니 반가운 마음이 먼저 들었지만 이내 괜히 심사가 꼬여서 퉁퉁거렸다.

그런 루하를 보며 설란이 핀잔을 줬다.

"사람이 기껏 생각해서 왔는데 '또 왜 왔어?' 가 뭐니?"

"뭘 생각해서 왔다는 거야?"

"아까 회의에서 괜히 제갈 공자한테 딴죽 걸었다가 면박당했다면서? 그러게 왜 나서니? 아니, 애초에 회의엔 왜 가? 어차피 임시 계약이라며? 근데 왜 니가 표국 대표자 회의에 간 거야?"

"그야……."

'너 때문이지!' 라는 말이 목구멍까지 올라왔지만 참았다.

왠지 자존심이 허락지 않았다.

"그야 조 국주가 내가 아니면 누가 만수표국을 대표할 수 있겠냐며 제발 좀 대신 가 달라고 부탁을 하니까 그렇지."

급하게 둘러대다 보니 애꿎은 조철중을 끌어들이고 말았다.

그렇잖아도 대표자 회의에 참석 못 한 것이 한이 되어 있는 조철중이다. 만일 그가 이 말을 들었다면 정말이지 억울해서 팔짝 뛰었겠지만, 어쩌겠는가? 만만한 것이 조철중인데.

"아무튼 회의에서 제갈 공자의 심기를 건드린 건 너무 경솔했어. 넌 대체 육대가문이 어떤 곳인지는 알고 그런 거니? 자신들의 권위에 도전하는 걸 절대로 용납지 않는 곳이야. 그 지극한 위엄으로 수백 년간 자신들의 영역을 지켜온 곳이라고. 그나마 제갈 공자가 소탈하고 대범한 성격이기에 망정이지 아녔으면 앞으로 어떤 곤욕을 치르게 되었을지 모른단 말이야. 얘가 겁도 없이 아무한테나……."

"소탈하고 대범하기는 개뿔!"

설란이 제갈휘를 칭찬하는 듯하자 가뜩이나 꼬인 속이 더 꼬이는 루하다.

"그러니까 뭐야? 앞으로는 그놈한테 알아서 설설 기라는 말을 하고 싶어서 굳이 여기까지 왕림하신 거야?"

"말을 왜 또 그렇게 받니? 난 그래도 너 걱정돼서 온 건데."

"아이고, 네, 감사합니다. 그렇게 걱정돼서 사흘 동안 코빼기도 안 비치셨어요?"

"말했잖아. 괜히 사람들의 눈에 띄어 구설수에 올라 봐야 좋을 게 없다고. 아무튼 이번 표행은 제갈세가의 사활을 걸고 진행하는 일이라서 다들 예민해질 대로 예민해져 있으니까 되도록이면 제갈세가의 사람들과는 부딪치지 마. 아니, 이번 표행이 끝날 때까진 그냥 죽은 듯이 지내. 자칫하다간 정말 큰 화를 입을 수도 있어."

"내가 송장이냐? 시체야? 산 사람이 어떻게 죽은 듯이 지내? 그리고, 제갈세가가 사활을 걸고 진행하는 표행이 맞긴 한 거야?"

"왜?"

"아무리 대륙에서 난다 긴다 하는 표사들을 끌어 모았다고 해도 아무렴 육대가문의 고수들에게는 비할 바가 아닐 텐데, 정작 제갈세가의 고수들은 이백 명밖에 안 왔잖아? 이 먼 길을 돌아가는 긴 여정에, 더구나 팔공산까지 넘어야 하는데 앞으로 무슨 일이 생길 줄 알고 이렇게 안일해?"

"안일하긴 무슨…… 소가주도 왔고 총관 을지담만 해도 제갈세가에선 열 손가락 안에 든다고 알려진 고수야. 은형대(殷炯隊)와 신검대(神劍隊), 천무대(天武隊)는 제갈세가를 대표하는 최정예 부대고."

"그래 봤자 장로급 인사는 하나도 안 왔잖아?"

"그럴 만한 사정이 있으니까."

"그게 뭔데?"

"요즘 남궁세가와의 분위기가 안 좋거든. 원래 같은 안휘성에 뿌리를 내리고 있는 문파라서 작은 분란들이야 늘 있어 왔지만 작년에 양쪽 세력권의 접경 지역인 봉양에서 꽤 큰 시비가 붙었어. 사십여 명의 사상자에 사망자도 십여 명이 나왔으니 아마 두 가문이 안휘에 터를 잡은 이후로는 최대의 충돌이었을 거야. 아무튼 그 바람에 지금까지도 그 살벌한 분위기가 이어져 오고 있고."

"그러니까 빈집털이 당할까 봐 집을 못 비우는 거다?"

"물론 남궁세가가 그렇게까지 나오지는 않겠지만 무림의 일이란 건 모르는 거니까. 굳이 팔공산을 택한 것도 그런 이유가 크게 작용한 거고."

"늑대를 피하려다 호랑이를 만나는 격이 될 수도 있는데? 실제로 녹림십팔채와 팔공산은 단순히 무력만 놓고 비교해도 육대가문을 능가할 거라잖아."

"녹림십팔채랑 팔공산 쪽은 대비를 한 것 같던데?"

"어떻게?"

"자세한 거야 나도 모르지, 뭐."

"그럼 다른 데는?"

"다른데?"

"녹림십팔채랑 팔공산 쪽은 대비를 했다 쳐도 그쪽에 속하지 않은 산채들이 훨씬 더 많은데 그런 곳도 대비를 했냐는 거지."

"아무렴 녹림십팔채에도 속하지 못한 도적들이 감히 제갈세가의 표물을 노릴까?"

"얘가 얘가 정말 모르는 소리 하네. 최고의 실력을 가진 도적들 중에는 성향이나 성격이나, 뭐 그런 차이 때문에 어디에 속하지 않고 자신만의 산채에서 독자적으로 노는 도적들도 많거든? 한 산의 주인쯤 되는 자라면 아무리 제갈세가의 이름이 크다고 해도 고작해야 이름 하나에 주눅 들지는 않는단 말이야. 게다가 여기에 온 표사들이 제갈세가의 표행에 참여하게 된 걸 대단히 명예롭게 생각하는 것만큼이나 도적들에게도 이건 진짜 완전 탐스러운 먹잇감이고. 표물도 표물이지만 천하에 이름 한 번 제대로 날릴 수 있는 기회니까."

"아무리 그래도 난다 긴다 하는 표국의 최정예 표사들로 이루어진 대규모 표행단인데 누가 감히 넘보겠어? 그야말로 섶을 지고 불길로 뛰어드는 거나 다름없을 텐데?"

"그러니까 세상일이란 게 그렇게 논리대로 딱딱 흘러가는 게……."

"아, 됐어. 아무렴 제갈 공자가 어련히 알아서 잘 대비를 해 뒀겠지."

그렇게 루하의 말을 자르고는 할 말 다 했다는 듯 막사를 나서려는 설란이다.

"어? 뭐야? 벌써 가?"

"괜히 사람들의 눈에 띄어 봐야 좋을 게 없다니까."

"그럼 고작 앞으로 제갈세가한테 까불지 마라, 그 말 하려고 온 거야?"

"응. 그대로 뒀다간 무슨 사고를 칠지 불안해서 견딜 수가 있어야지. 그래서 제갈 공자와의 약속 시간도 미루고 겨우 짬 내서 온 거야."

"뭐? 그래서 지금 그 재수 없는 자식을 만나러 간다고? 왜? 이 시간에 무슨 약속? 늘 같이 붙어 다니더만 무슨 할 말이 더 있는 건데?"

"표물에 관한 거라 자세한 건 말 못 해. 어쨌든 긴하게 상의해야 할 일이 있어."

그러고는 이내 다시 조심스럽게 밖을 살피고는 급히 막사를 나가 버리는 설란이다.

다시 혼자가 된 루하는 멍하니 설란이 나간 문을 바라보았다.

하지만 그것도 잠시, 이내 설란을 쫓아 막사를 나왔다.

막사를 나오니 저 멀리 총총 걸음을 옮기고 있는 설란이 보였다. 그리고 그 앞에서 웃는 낯으로 설란을 기다리는 제갈휘도 보였다.

제갈휘의 얼굴을 본 순간 루하는 아무것도 생각할 수 없었다.

무작정 걸었다.

성큼성큼.

그렇게 걸어 단숨에 설란을 따라잡았다.

그제야 루하의 기척을 느낀 설란이 놀란 눈을 하고는 루하를 바라본다. 하지만 그때는 이미 루하가 설란의 손목을 덥석 낚아 챈 후였다.

루하의 그 난데없는 행동에 주위에 있던 모든 사람들이 어리둥절해했다.

그중에는 도하연도 있었고 양문경도 있었다.

제갈휘도 이 난데없는 상황에 황당해하긴 마찬가지였다.

그도 그럴 것이 삼절표랑이 대체 왜 의선가 장녀의 손목을 잡는단 말인가?

도무지 접점을 찾을 수 없는 그 둘이.

하지만 지금 이 순간 누구보다 놀란 것은 설란이었다.

"너, 왜……?"

"할 말 있어."

"뭐?"

설란이 다시 뭐라 말을 하기도 전에 루하가 설란을 자신의 막사로 잡아끈다.

그때였다.

"이게 뭐하는 짓이오!"

어느새 다가온 제갈휘가 그런 루하의 손목을 잡았다.

전후 사정이야 어찌 되었든 일단 루하의 행동을 무례라 판단한 것이다.

그런데,

"놔!"

루하의 입에서 신경질적인 일갈이 터져 나온 직후였다.

자신이 잡고 있는 루하의 손목에서 갑자기 커다란 기운이 밀려 들어왔다.

"헛!"

갑작스러울 뿐만 아니라 사납고 강했다.

도저히 항거할 수 있는 기운이 아니었다.

그리해 본능적으로 손을 떼고 한 발짝 물러섰다.

잠깐의 놀람과 의문, 하지만 그 모든 것들을 집어삼키는 것은 굴욕감이었다.

"이……!"

만일 그때, 설란이 끼어들지 않았다면 제갈휘는 살수라도 날렸을 것이다.

"그만하세요. 제가 아는 사람이에요."

"소저와 아는 사람이라구요?"

"예. 그러니 잠시만 기다려 주세요."

그렇게 말한 설란이 오히려 루하를 끌다시피 하며 루하의 막사로 들어가 버렸다.

그 모든 것이 혼란스럽기만 한 제갈휘다.

제갈휘만이 아니라 이를 목격한 모든 이들이 다 어리둥절한 표정이었다.

삼절표랑과 의선가의 장녀가 아는 사이라니?

그것도 손목까지 내어 줄 정도로 가까운 사이라니?

꽃처럼 예쁜 의선가의 장녀와 장돌뱅이 같은 삼절표랑의 이 어울리지 않는 조합은 대체 뭐란 말인가?

한 폭의 그림처럼 잘 어울렸던 제갈휘와는 그럼 아무 사이도 아니었단 말인가?

그도 아니면 혹시 삼각관계가 얽힌 치정?

루하의 막사를 향하던 모두의 시선이 차츰 하나둘 제갈휘에게로 옮겨졌다.

그렇게 모두의 시선을 한 몸에 받고 있는 제갈휘의 표정은 이미 불쾌감으로 잔뜩 일그러져 있었다.

"대체 뭐야? 왜 그래? 이게 무슨 짓이야?"

막사 안으로 끌려 들어온 설란이 황당해하며 물었다.

구설에 오르는 건 피해야 한다고 그렇게 말했는데 이젠 정말 온갖 입방아에는 다 오르게 생겼다.

대체 무슨 생각이었던 걸까?

무슨 생각으로 사람들 다 보는 앞에서 이런 황당한 짓을 저지른 것일까?

그런데 이어서 들려온 루하의 대답은 더 황당했다.

"그러니까 그놈이랑 붙어 다니지 마."

"뭐?"

"꼴 보기 싫다고. 그놈이랑 같이 붙어 시시덕거리는 것도 싫고 사람들이 니들보고 선남선녀니 뭐니 그따위로 말하는 것도 싫어. 그러니까 이제부턴 그냥 전처럼 내 옆에 있어."

"얘가 정말 무슨 소리를 하는 거야…… 너 지금 설마 질투해?"

"왜? 질투 좀 하면 안 되냐?"

"뭐?"

"난 질투 좀 하면 안 되냐고. 한집에서 한솥밥 먹고 한 이불 덮고 자는 사인데 질투 좀 하는 게 뭐 어때서? 생사고락까지 같이하며 서로 볼꼴 못 볼 꼴 다 본 사인데 이 정도면 질투 좀 할 수 있는 사이 아냐?"

“한 이불은 누가 한 이불을 덮고 자는데?”

“아, 그건 아닌가? 뭐 암튼.”

“볼꼴 못 볼 꼴 다 본 사이도 아니거든?”

“음, 못 볼 꼴 보여 준 건 나뿐이니 그것도 아니군. 뭐 암튼, 그래도 홍염마수랑 싸울 땐 서로를 위해 목숨도 걸었던 건 맞잖아.”

“그거야 서로 필요에 의해서였던 거지. 너한텐 내가 가진 지식이, 나한텐 네가 가진 지기가 필요하니까…….”

“난 아닌데?”

“……?”

“세상에 어떤 미친놈이 단지 필요 때문에 여자를 위해 목숨을 걸어? 그러다 죽어 버리면 필요고 뭐고 다 소용없는데. 더구나 나 같은 놈이? 내가 어떤 놈인지 몰라서 그래?”

잘 안다.

너무 잘 안다.

남을 위해 목숨을 걸고 홍염마수에게 뛰어들 위인이 절대로 아니었다.

그래서 많이 놀랐다.

홍염마수에게 달려들며 ‘감히 누구한테 손을 대!’ 라고 외칠 때는 잠깐 설레기도 했었다.

하지만 그 전에도, 그리고 그 후로도 그런 내색은 전혀 없던 루하였다.

그래서 지금 이 고백이 설란에겐 너무 갑작스러웠다.

장난인지 진심인지도 잘 모르겠다.

그런데도 소녀의 방심은 정신없이 널뛴다.

"어쩔 거야?"

설란이 그렇게 정신을 못 차리고 있는데 루하가 툭 던지듯 물었다.

"뭘?"

"내 옆에 계속 있을 거야, 말 거야?"

"……."

"어차피 너랑 내가 아는 사이라는 건 이제 다 알게 됐고, 그러니까 이제 구설수에 오르는 건 걱정할 필요 없잖아. 이미 구설수에 올라 버렸으니까. 그러니까 그냥 내 옆에 있어. 그 기생오라비 같은 놈이랑도 상대하지 말고. 난 니가 딴 놈이랑 같이 있는 거 싫어."

한 번 마음을 보이고 나자 거침이 없다.

놀란 가슴을 진정 시킬 새도 없이 툭툭 마음을 던져 대는 루하의 말에 설란은 이젠 아예 어지럼증이 날 지경이었다.

하지만 그렇다고 무작정 휩쓸리지는 않았다.

"안 돼."

"왜?"

"말했잖아. 이번 표행은 제갈세가가 사활을 걸고 진행하는 일이라고. 언제 어느 때건 의선가의 지식을 빌리고자 하면 빌려 주는 게 의선가가 제갈세가와 맺은 약조란 말이야. 어떻게 너한테만 붙어 있어?"

"그럼 지금까지 표물에 관한 얘기만 했다고? 찰싹 달라붙어서 사흘 내내 잡담 한 마디 안 하고 일 얘기만 했다고? 이런저런 잡담 같은 건 아예 안 했다고?"

"그야……."

"아, 됐고. 의선가가 약조를 한 일이라니까, 좋아, 뭐 그건 어쩔 수 없다 쳐. 그치만 일로 만나는 거면 일 얘기만 해. 거기까지만 봐줄게."

"니가 뭔데 봐주니 마니야?"

"뭐긴 뭐야? 나 너 좋아한다니까. 좋아하는 여자가 딴 놈이랑 시시덕거리는 걸 지켜만 보라는 거야? 그러는 넌? 너한테 난 뭐야?"

루하가 그렇게 불쑥 던지며 설란의 눈을 똑바로 마주한다.

그 눈빛이 뜨겁다.

설란은 다시 한 번 심장이 쿵 내려앉는 느낌이었다.

"무, 무, 무, 무슨 소릴 하는 거야? 나한테 넌 뭐냐니?

그야…… 내 동생을 구할 조화지기를 가진…….”

“그것뿐이야?”

“뭐?”

“그것뿐이냐고. 너도 나 좋아하잖아.”

“뭐?”

“가만 생각해 보니까 너도 나 좋아하는 게 맞더라고. 저번에 삼원표국의 도 국주를 예쁘다고 칭찬했을 때도 막 질투하고 그랬잖아.”

“내, 내가 언제!”

“금침대법만 해도 그래. 그동안 날 무슨 나무토막 취급하더니 그땐 왜 그렇게 얼굴이 빨개진 건데? 너도 이제 날 남자로 보기 시작한 거 아냐?”

“그러니까 내가 언제…….”

“아, 됐어. 날 좋아하든 어쨌든 그건 차차 얘기하기로 하고, 오늘부턴 무조건 내 옆에 있어. 표행 끝날 때까지. 아님 동생 치료고 뭐고 나도 몰라.”

“그게 좋아한다는 사람한테 할 말이니? 너무 치사하지 않아?”

“몰라. 치사하든 말든 알게 뭐야. 난 그냥 내 방식대로 널 좋아할래.”

추호의 양보도 없다는 듯 단호한 루하를 보며 설란은 한숨을 푹 내쉬었다.

루하의 그 막무가내가 황당하고 어이없다.

그런데도 지금 기분이 그리 나쁘지가 않은 것은 왜일까?

설란은 다시 길게 한숨을 푹 내쉬고는 툴툴거렸어.

"알았어. 알았으니까 일단 이 손 좀 놔. 표행이 끝날 때까지 같이 있으면 되잖아."

"진짜지?"

"그럼 향이 목숨 가지고 협박하는데 별도리 있어?"

루하의 손에서 자신의 손목을 빼낸 설란이 이내 다시 막사를 나선다.

루하가 급히 물었다.

"같이 있겠다면서 또 어디가?"

"같이 있을 땐 같이 있더라도 말은 해 둬야 할 거 아냐?"

"앞으로 만수표국 사람들과 같이 지낼 거라니요?"

설란의 통보에 제갈휘가 어리둥절한 표정을 한다.

"만수표국과는 어떻게 아시는지……."

의선가의 장녀가 어떻게 일개 이름도 없는 표국과 알고 지낸단 말인가?

아니, 그가 정말로 묻고 싶은 것은 그것이 아니었다.

제갈휘의 눈이 저 멀리서 팔짱을 낀 채 마치 감시하듯 이

쪽을 주시하고 있는 소년을 향했다.

'대체 저자와는 무슨 사이입니까?'

그것이 그가 설란에게 정말로 묻고 싶은 것이었다.

"그냥 조금 인연이 있어요. 아무튼 약조한 일에는 지장이 없도록 할 것이니 너무 심려치 않으셔도 될 거예요."

설란이 그렇게 말을 하고는 이내 몸을 돌려 루하에게로 돌아간다.

그녀의 등이 멀다.

그 사이에 갑자기 너무도 큰 벽이 들어차 버린 느낌이었다.

제갈휘의 시선이 돌아서 가는 설란의 등을 거슬러서 다시 그 너머의 루하를 본다.

팔짱을 낀 채 마치 전쟁에서의 승자라도 되는 양 이젠 고개마저 빳빳이 세우고는 그를 오시하고 있다.

불쾌감 이전에 의문부터 든다.

홍염마수를 죽인 삼절표랑 정루하.

명성이야 익히 들었지만 직접 만나 보니 그다지 신경 쓸 만한 가치가 없다 판단했다.

구대문파니 북해빙궁이니, 소문처럼 그런 대단한 배경은 없어 보였다.

홍염마수를 죽인 것도 그저 어디선가 어쭙잖은 작은 기

연이나 얻은 것이리라, 그렇게 생각했다.

그런데 의선가의 장녀와 친분이 있다.

그것도 말 몇 마디로 자신의 옆에 묶어 둘 정도로 깊은.

이쯤 되고 보니 자신의 속단이 틀렸음을 인정하지 않을 수 없었다.

'대체 정체가 뭐지?'

대체 정체가 뭘까?

어떻게 봐도 명문가와는 거리가 먼 품행인데, 의선가의 장녀와는 어떻게 아는 사이란 말인가?

의문은 혼란이 되고 혼란은 그제야 분노가 된다.

비록 청혼은 거절당했지만 단 한 순간도 의선가를, 그리고 설란을 포기한 적이 없다.

제갈세가에 가장 필요한 가문이다.

제갈세가의 안주인으로 가장 잘 어울리는 여인이다.

정략에 의해 의선가를 택했지만 적어도 설란에 대한 마음만큼은 결코 정략만이 아니었다.

이번 표행에 굳이 설란을 지목한 것도 이번 기회를 빌려 설란과 조금 더 가까워져 보겠다는 개인적인 사심이 다분히 작용한 것이었다.

그랬던 것인데 엉뚱한 훼방꾼이 나타났다.

지금 이 순간에도 많은 시선들이 자신을 주시하고 있기

에 차마 내색은 할 수 없었지만, 가슴 저 밑바닥에서 일고 있는 것은 모든 것을 태워 버릴 듯한 염화였다.

"을 총관!"

자신의 막사로 돌아온 제갈휘가 총관 을지담을 불렀다.

"부르셨습니까? 소가주."

"삼절표랑에 대해 소상히 알아보세요. 출신부터 무공, 그리고 예 소저와는 어떻게 아는 사이인지 전부 다!"

第七章

제가 수레 좀 몰 줄 압니다!

아무튼, 조금 흥미로운 치정극이 벌어지긴 했지만 표행은 예정대로 진행되었다.

물론 표행이 시작되고도 화제의 중심은 단연 루하였다.

“삼절표랑의 정체가 대체 뭐야?”

“의선가의 장녀와 그렇고 그런 사이라면 소문대로 정말 북해빙궁이나 구대문파의 제자라도 되는 거 아냐?”

“제갈세가의 청혼을 거절했다더니 혹시 그것도 삼절표랑 때문이었던 건가?”

“이젠 아주 보란 듯이 붙어 다니는 게 진짜 보통 사이가 아닌 것 같더구만. 이거 제갈 공자 꼴이 말이 아니게 됐어. 이거야말로 닭 쫓던 개 신세가 아닌가 말이네."

"옛끼, 이 사람! 입조심하게. 가뜩이나 요즘 제갈 공자 분위기가 한겨울 북풍한설인데, 괜히 입 한 번 잘못 놀리다가 봉변이라도 당하면 어쩌려고 그래?"

의선가의 이름이 크긴 큰가 보다.

홍염마수를 죽인 삼절표랑보다 의선가 장녀를 쟁취한 삼절표랑이 더 큰 관심을 받고 더 큰 화제가 되고 있다.

그러거나 말거나, 루하는 마냥 즐거웠다.

늘 자신의 옆에 붙어 있는 설란을 보고 있노라면 저도 모르게 히죽히죽 웃게 된다.

지금만 해도, 막사 안 한편에서 이름 모를 서책을 펼쳐 읽고 있는 설란을 보고 있자니 자꾸만 입꼬리가 말려 올라간다.

마음이 한 번 열리니 걷잡을 수 없이 흘러나와서 이젠 스스로 생각하기에도 이런 팔푼이가 다 있나 싶을 정도로 푹 빠졌다.

그런 루하의 뜨거운 시선이 불편했는지 설란이 미간을 찡그렸다.

"그만 좀 보지?"

"싫은데?"

"왜 싫은데?"

"예뻐서."

"……."

루하가 히죽 웃자 설란은 한숨을 푹 내쉬었다.

"넌 그런 말이 그렇게 쉽게 나오니?"

"어려울 건 또 뭐야?"

"원래 그렇게 능글맞은 성격 아니었잖아?"

"능글맞은 게 아니라 솔직한 거지."

"솔직한 게 아니라 뻔뻔한 거거든?"

"예뻐서 예쁘다고 하고 좋아서 좋다고 하는 게 뭐가 뻔뻔한 거야? 너도 내숭 그만 떨고 니 마음에 솔직해져 보라고. 너 나 좋아한다니까?"

마음을 무슨 돌멩이 던지듯 툭툭 던져 대는 루하의 말에 처음엔 당황도 하고 부끄러워도 했었는데 이젠 그것도 익숙해져서 그저 가벼운 한숨으로 흘려 넘기게 된다.

"그래 뭐, 솔직한 거라고 쳐. 그래도 사람들 보는 앞에서는 좀 자제를 하지? 내 방까지 와서 이러고 있는 건 좀 아니잖아?"

오늘만이 아니었다.

노숙을 할 때면 그녀의 막사로, 객잔에 묵을 때면 그녀의 객실로 찾아와서 밤이 깊을 때까지 놀다가 갔다.

그 바람에 괜한 오해와 이상한 시선들을 감당하는 건 온전히 그녀의 몫이었다.

"사람들이 이상한 눈으로 볼 때면 내가 얼마나 민망하고 불편한 줄 알아? 그렇다고 몇 시경에 돌아갔다느니 아무 일도 없었다느니 일일이 다 해명을 하고 다닐 수도 없고."

"남들이 뭐라든 그게 뭐 어때서?"

"나 이래 봬도 아직 처녀거든? 구설이야 이제 돌이킬 수 없게 되었다지만, 그래도 의선가의 장녀가 단정치 못하다는 말까지 들을 순 없잖아."

"그럼 그냥 이 참에 후딱 혼례라도 치러 버릴까?"

"뭐?"

"뭐 어때? 나도 너 좋아하고 너도 나 좋아하……."

"안 좋아한다니까!"

이젠 일상으로 듣게 되는 루하의 능글맞은 말을 꽥 소리를 질러 막은 설란이 문득 생각났다는 듯 물었다.

"근데 넌 그냥 여기 있어도 돼?"

"응? 뭐가?"

"오늘 표물 경비 담당이 만수표국 아냐?"

"그게 나랑 무슨 상관이라고? 경비야 표사들이 보는 거고, 나야 일개 쟁자수일 뿐인데, 뭐."

"너 혼자 쟁자수라 그러면 뭐하니? 널 쟁자수로 보는 사람은 여기 아무도 없는데. 네가 이번 표행에 얼마를 받았는지도 대강들 다 알고 있고. 돈은 표사들보다 더 받았으면서 너 편할 때만 쟁자수라 그러면 인심 잃어."

"이래 봬도 쟁자수 일은 성실히 하고 있거든? 아니, 대체 표사 일보다 쟁자수 일이 편하다는 발상은 어디서 나온 건데?"

"하지만 결국 표행에서 네 등 뒤를 지켜 줄 사람은 표사들이잖아. 표사들에게 인심을 잃는다는 건 등 뒤를 믿고 맡길 사람이 사라진다는 거고."

"아, 몰라. 등 뒤를 믿고 맡길 사람 없어도 내 한 몸이야 충분히 지킬 수 있는데 뭐. 그러게 왜 이렇게 돌아서 가는 거냐고. 제남을 통해 쭉 내려갔으면 벌써 제갈세가에 도착하고도 남았을 거 아냐? 뭐야, 이게? 아직도 산동성이잖아?"

"그야 다 이유가 있으니까 그렇지."

"그러니까 그 이유가 뭔데?"

"황보세가."

"황보세가?"

"성도인 제남부터 그 일대가 모두 황보세가의 세력권이니까. 이렇게 멀리 돌아가는 건 황보세가의 눈을 피하기 위해서야. 남궁세가의 눈을 피하기 위해 굳이 험로인 팔공산으로 길을 잡은 것과 같은 이유지."

설란의 말을 들으니 새삼 다시 호기심이 피어오른다.

"대체 저 표물이 뭔데? 뭐길래 그렇게까지 하면서 숨기는 건데?"

"제갈세가가 그렇게까지 하면서 기밀을 유지하는 건데 그걸 내가 너한테 함부로 가르쳐 줄 리가 있니?"

늘 똑같은 질문과 대답의 반복이다.

이젠 정말 슬슬 오기까지 치민다.

하지만 달리 방법이 없었다.

이곳까지 오는 동안 호시탐탐 기회를 노렸지만 도무지 틈이 없었다.

제갈휘의 으름장에 표국들이 아예 눈에 불을 켜고 매일같이 지키고 선 상황에서 석궤의 금제를 풀고 그 안을 확인하는 건 사실상 불가능했다.

'아니지? 지금이라도 슬쩍 경비에 껴서 한 번 기회를 노려 볼까?'

문득 그런 생각이 들었지만 이내 고개를 저었다.

그러다 들키기라도 하는 날에는 만수표국 전체가 이번 표행에서 쫓겨난다.

'그럼 내가 받은 오천 냥도 다 토해 내야 할 테고.'

오천 냥을 걸고 모험을 하기에는 부담이 너무 크다.

“아, 진짜 뭔 표행이 이따위야? 뭐 하나 속 시원하게 풀리는 게 없고 온통 의문투성이잖아.”

생각하니 마음만 답답하다.

그래서 그냥 거기에 대한 잡념은 떨쳐 버리고 벌러덩 드러누웠다.

“뭐야? 설마 여기서 자려는 건 아니지?”

“왜? 자고 가면 안 되나?”

“안 돼지 그럼!”

“알았어. 알았어. 그냥 잠깐만 더 쉬었다 갈 거야.”

“그냥 만수표국 사람들과 같이 있으라니까? 혼자 겉돌면 인심만 잃을 뿐이야. 사람들한테 인심 잃어서 좋을 게 없다고.”

“고작 그 정도로 잃을 인심이면 어차피 언제라도 잃게 될 인심인 거지. 그런 얕은 인심 따위를 위해 내 소중한 잠을 방해받고 싶진 않아. 그리고 내 본분에 맞게 쟁자수들한테는 충분히 인심을 얻고 있고.”

“맨날 말은 청산유수지. 그냥 귀찮은 것뿐이면서.”

“그냥 귀찮은 게 아니라 아주 많이 귀찮은 거지. 알면서 왜 물어? 아, 설마 나랑 이렇게 단둘이 있는 게 설레서 그래? 그래서 책도 눈에 안 들어오고 정신도 혼미하고 막 그런 거야? 그런 거라면 방법이 있지. 원래 그런 건 살 비비고 살다 보면 다 없어지는…….”

"그니까 대체 누가! 살을 비비긴 무슨 살을 비벼!"

발끈한 설란도 참 귀엽다.

바로바로 반응이 튀어나오니 그것도 재밌다.

그래서 더 능글맞아지는 것 같다.

하지만 그것도 잠시, 이래저래 루하를 상대하기 피곤하다 싶었는지 이내 신경 끄고 보고 있던 의학서로 눈을 돌린다.

그건 그것대로 좋았다.

조용하고 아늑한 공간에 은은하게 풍기는 그녀의 체취도 좋았고 정적을 기분 좋게 비트는 사락사락 책장 넘어가는 소리도 좋았다.

그렇게 가만히 보고 있자니 마음마저 편안해져 절로 눈이 감긴다.

그런데, 그렇게 얼마나 지났을까?

"어?"

깜빡 졸았나 보다.

아니, 느낌상으로는 아예 푹 잔 느낌이었다.

"나 얼마나 잤어?"

그때까지도 의학서를 보고 있던 설란이 대답했다.

"많이. 벌써 축시가 넘었어."

"뭐? 근데 왜 안 깨웠어?"

"코까지 골면서 곤하게 자는데 어떻게 깨워?"

"아무리 그래도 그렇지, 의선가의 장녀가 단정치 못하다는 소리 들을 수는 없다며?"

"그걸 아는 사람이 남의 막사에서 그렇게 천하태평하게 곯아떨어진 거야?"

"잠이 뭐 내 맘대로 되냐? 아무튼 사람들 눈에 안 띄게 나갈 테니까 너무 걱정 말아. 그리고…… 그만 잠 좀 자. 아무리 귀하신 몸이라 말을 타고 움직인다고 해도 하루 종일 말 등에 앉아 있는 것도 여간 고단한 일은 아닐 텐데, 어떻게 된 게 허구한 날 밤을 새냐? 누가 보면 과거 시험이라도 보러 가는 줄 알겠네."

"그럼 이 정도 노력도 않고 천하제일의 의선가를 맡을 수 있을 것 같아?"

"그걸 왜 니가 맡아?"

"그럼 나 말고 누가 맡는데?"

"동생 있잖아? 내가 니 동생 살려 주면 되잖아."

"……."

루하의 확신에 찬 말에 설란이 잠시 아무 대꾸를 못 하고 멀뚱히 루하를 본다.

사실 조금 감동받았다.

루하는 별생각 없이 나오는 대로 내뱉은 것일지도 모르지만 동생을 살려 주겠다는 그 호언장담이 묘하게 마음을 든든하게 한다.

하지만 괜히 머쓱해져서는 콧방귀를 꼈다.

"흥! 아직 목의 기운도 깨우지 못한 주제에 무슨."

"그것도 뭐 내 맘대로 되는 건 아니니까. 그래도 혹시 알아? 한순간에 목의 기운이랑 화의 기운까지 모두 깨어나서 무극지기를 완성할지?"

"제발 좀 그런 날이 빨리 왔음 좋겠네요."

붉은 입술 사이로 내쉬는 한숨이 무겁다.

그 바람에 루하도 더는 장난스럽게 받아넘기지 못했다.

그녀의 답답한 마음을 너무도 잘 아니까.

무극지기란 것은 역시 그의 마음대로 되는 것이 아니니까.

'정말 독이라도 먹어야 하나?'

어느새 그늘져 있는 설란의 얼굴을 보자니 그런 생각마저도 들었지만 이내 고개를 저었다.

'아무리 그래도 독을 먹는 건 아니지.'

가진 것을 다 줄 순 있어도 목숨 가지고 도박질은 못하겠다.

"아무튼 그만 자고 내일 봐. 분위기로 봐선 예년보다 일찍 우기가 시작될 거 같은데, 그러다 감기라도 걸리면 그게 무슨 망신이겠어? 명색이 천하제일 의선가의 장녀가."

괜한 오지랖이다.

남 걱정할 때가 아니었다.

그걸 깨닫기까지는 딱 하루면 충분했다.

쏴아아아아아—

"아주 좍좍 쏟아지는구만."

루하의 짐작대로 예년보다 일찍 우기가 시작되었다.

그런데 그 우기란 것이 일찍 시작되었을 뿐만 아니라 그 세기며 양도 예년에 비할 바가 아니었다.

그야말로 하늘에 구멍이라도 뚫린 것처럼 쏟아졌다.

거의 들이붓다시피 하며 퍼붓는 빗줄기에 표행길은 말 그대로 엉망진창이었다.

땅은 질퍽질퍽해졌고 시야는 다섯 장 앞을 분간키 어렵다.

게다가 수천 근은 족히 넘는 수레로 그 질퍽질퍽한 땅을 헤쳐 가자니 이건 표사고 쟁자수고 할 것 없이 죄다 달라붙어서 수레를 끌고 밀어야 했다.

그렇게 되고 보니 표사라고 하기도, 쟁자수라고 하기도 애매한 루하조차 그 고행길에 동참하지 않을 수 없었다.

그렇게 사흘째 되는 날이었다.

사흘 내내 퍼붓고도 수그러들 기미가 보이지 않는 비 때문에 표사고 쟁자수고 할 것 없이 다들 녹초가 되어 있는 그 때, 각 표국에 제갈휘의 청천벽력과도 같은 말이 전해졌다.

"뭐라구요? 홍조산을 넘는다고요?"

루하는 조철중이 전해 온 소식에 황당한 표정을 지었다.

자고로 표행을 업으로 삼는 사람들에겐 세 가지의 불문율이 있었다.

음기가 강하고 습한 곳에서는 노숙을 하지 말 것.

해가 짧은 동절기에는 하루 일정이 신시(申時: 오후 세 시에서 다섯 시)를 넘기지 말 것.

그리고 우기에는 산을 넘지 말 것.

더구나 홍조산이라고 하면 산세가 험할 뿐만 아니라 지반이 약해 산사태가 자주 나기로 유명한 곳이었다.

우기가 아니라고 해도 피해야 할 판에, 이런 우기에 편한 관도를 놔두고 홍조산을 넘는다니?

"그래서요? 다른 표국에선 뭐라 그래요? 설마 지난번처럼 또 그냥 시키는 대로 하겠대요?"

"아니네. 다들 제갈 공자에게 가서 이런 우기에 홍조산을 넘는 것은 불가하다고 말을 했네. 하지만……."

"씨알도 안 먹혔군요."

루하의 말에 조철중이 씁쓸하게 웃어 보인다.

이유야 알고 있었다.

이제 곧 제녕이었다. 그리고 제녕은 황보세가 세력권의 가장 끝단에 있는 도시였다. 즉, 곧 당도할 제녕이 안휘성으로 넘어가기 위한 마지막 관문인 셈이다.

제녕을 통하지 않고 안휘로 가는 길은 두 가지다.

남쪽의 미산호를 통한 물길, 북쪽의 홍조산을 통한 산길.

애초에 물길로 실어 나르기란 불가능한 표물이었다.

그러니 괜한 분란을 피하기 위해서는 홍조산을 선택할 수밖에 없다.

하지만 아무리 그래도 이건 너무 무리한 결정이었다.

"젠장! 이래서 머리가 아무리 똑똑해 봐야 현장 경험이 없으면 아무 소용이 없다니까요. 이런 우기에 이런 무거운 표물을, 그것도 한두 대도 아니고 백 대가 넘는 걸 끌고 홍조산을 넘는다는 게 어디 가당키나 해요? 차라리 팔공산 도적들과 싸우는 게 낫지!"

"하나 어쩌겠는가? 타협의 여지가 없던 것을."

정말이지 죽어나게 생겼다.

아니, 정말로 죽어났다.

쏴아아아아—

밤사이 조금 수그러드나 싶더니 아침이 되자 장대비가 더욱 기승을 부린다.

철퍽철퍽!

며칠째 내린 폭우에 가뜩이나 약한 지반은 아예 진흙탕으로 변해 발목까지 질퍽거렸다.

그러니 그 무거운 수레야 오죽할까.

수레 한 대당 여섯 필의 말에 그 많은 표사와 쟁자수들이 모조리 다 달라붙었는데도 이건 도무지 진전이 없다. 이러다가는 홍조산을 넘는 데만도 꼬박 열흘은 걸릴 판이었다.

"이게 대체 무슨 개고생이냐고!"

루하의 입에서 절로 불만이 터져나온다.

루하만이 아니라 여기저기서 불만 섞인 하소연이 쏟아져 나왔다.

정말이지 이건 도무지 사람이 할 짓이 아니었다.

몸이 말도 안 되게 고된 것도 고된 거지만 부상자마저 속출하고 있었다.

진흙탕에 미끄러져 손목을 다치기도 하고 수레를 끌다 바퀴에 발이 깔려 뼈가 부러지는 사람도 있었다. 하루 종일 장대비를 맞으며 노역에 시달리니 몸살에 고열로 앓아눕는 것은 일상 다반사였다.

그렇게 홍조산을 오른 지 닷새째가 되던 날이었다.

"혹시 누구 수레 몰 줄 아는 사람 있나?"

점심식사를 마치고 진흙구덩이에서 짧은 휴식을 취하고

있을 때, 제갈세가의 무사가 그렇게 말하며 주위를 두리번거렸다.

이젠 새삼스럽지도 않다.

또 마부 하나가 지쳐 나가떨어진 것이다.

그런데 누구 하나 선뜻 손을 드는 사람이 없다.

조금 의아했다.

지금까지는 이런 기회가 있으면 서로 마부를 못 해서 안달이었다.

진흙탕 속을 뒹굴어 가며 수레를 끌고 미는 것보다는 마부 일이 훨씬 더 편한 게 사실이니까.

"이제부터가 용골이거든요."

그 사이 같은 수레를 밀며 친분을 쌓은 강진표국의 쟁자수 하나가 당연하다는 듯 그렇게 말했다.

강진표국은 산동성의 토박이였다.

그런 만큼 이곳 홍조산에 대해서도 잘 아는 것이다.

"용골이 왜요?"

"사실 지금까진 맛보기에 지나지 않았습니다요. 용골부터가 진짜죠. 홍조산을 산동성 제일의 험산이라 부르는 것도 용골 때문이구요. 길은 좁고 가파르고, 지반은 무르고…… 자칫 조금만 삐끗해도 끝이 보이지 않는 급경사 아래로 굴러떨어지기 일쑤라서 어지간히 경험 많은 마부도 가기를 꺼리는 곳입니다요. 하물며 이런 우기에는 시야조차 제대로 확보가 되지 않는데 누가 수레를 몰려고 하겠습니까요?"

하긴, 삼원표국이나 만수표국을 제외하면 대부분 산동성도 그 권역으로 두고 있는 삼성 이상의 표국들이었다. 그런 만큼 용골의 악명도 익히 알고 있는 것이다.

루하는 잠깐 고민했다.

수레를 모는 거라면 제법 자신이 있다.

지금까지는 무공까지 익힌 자신이 괜히 쟁자수들의 소소한 낙 하나를 빼앗는 거 같아서 참았었다.

고단한 표행 중에 마부를 대신해서 잠깐이라도 편히 수레를 몰 때가 얼마나 꿀맛인지 너무도 잘 알고 있기 때문이었다.

하지만 아무도 하지 않겠다면 그 꿀맛을 마다할 이유가 없다.

용골 길이 좁고 험해 봐야 뭐 얼마나 험할까 싶기도 했다.

'게다가 어떤 상황이 닥쳐도 내 한 몸 지킬 자신이야 있고.'

그래서 체면 불구하고 번쩍 손을 들었다.

"저요! 제가 수레 좀 몰 줄 압니다!"

그러나, '용골 길이 좁고 험해 봐야 뭐 얼마나 험할까' 했던 생각은 용골로 접어든 순간부터 말끔히 사라졌다.

"젠장! 무슨 길이 이따위야!"

이건 듣던 것보다 더했다.

더 좁고 더 가팔랐다.

육두마차가 겨우겨우 지나갈 공간 옆으로 오른쪽엔 깎아지른 석벽이고 왼쪽으로는 그 끝이 보이지 않는 낭떠러지다.

토박이 쟁자수의 말로는 낭떠러지는 아니고 그저 경사가 급한 것뿐이라고 했지만 안개에 가려 바닥이 보이지 않으니 한 번씩 눈길을 줄 때마다 오금이 다 저려 온다.

더구나 더욱 큰 문제는 땅이었다.

이건 물러도 너무 물렀다.

아예 갯벌이라 하는 게 맞을 거 같았다.

그 바람에 표사들이고 쟁자수들이고 상태가 말이 아니었다.

마부석에 있는 루하도 그다지 상태가 좋지 못했다.

말이 흙탕물에 미끄러져 비틀거릴 때마다, 움푹 팬 땅에 바퀴가 빠져 마차가 휘청거릴 때마다 매순간 간담이 다 서늘해져 온다.

왜 쟁자수들이 그나마 편한 마부석을 마다했는지 이제야 좀 알 것 같았다.

차라리 진흙탕이랑 씨름하며 수레를 미는 게 낫지, 이건 어찌나 긴장을 했는지 다리가 다 후들거려 온다.

그런데, 용골의 악명은 그것이 전부가 아니었다.

"낙석이다! 멈춰라!"

이 주변 전체가 지반이 무르다 보니 빗물에 낙석마저 떨어져 내린다.

다행히 표행의 앞길에 떨어진 낙석이었고 그 크기 또한 크지 않아 잠시 지체만 되었을 뿐 인명 피해는 없었다.

하지만 그것만으로도 사람들에게 공포를 심어 주기엔 충분했다.

좁은 길, 그 아래로 자욱한 안개에 가려져 있는 낭떠러지, 다섯 장 앞도 보이지 않는 시야, 이젠 어디서 굴러 떨어질지 모르는 낙석까지.

가뜩이나 힘들어 죽겠는데 죽음의 공포까지 엄습하자 심리적으로나 체력적으로나 극한으로 몰린다.

"젠장! 이게 무슨 미친 짓이냐고!"

누군가의 입에서 거친 불만이 토해졌다.

"그러게 이런 우기에 흥조산을 넘는 건 자살행위라고 했잖아!"

"대체 뭐 얼마나 대단한 표물인지는 모르겠지만 그게 어디 사람 목숨값만 하겠냐고!"

그리고 여기저기서 터져 나오는 불만들은 고스란히 제갈휘를 향한다.

하지만 제갈휘는 묵묵부답이었다.

해명도 하지 않았고 화를 내지도 않았다.

그럴 수밖에 없었다.

그 역시 흥조산에, 용골이라는 이 험지에 완전히 질려 있었기 때문이다.

각 표국에서 반대의 뜻을 보였을 때만 해도 설마 이 정도일 줄은 미처 몰랐다.

그저 조금 편한 길로 가 보려는 엄살 정도로만 여겼다.

지금까지 조금만 어렵고 조금만 고단한 길이다 싶으면 늘 그렇게 항의가 있어 왔기에 흥조산도 그런 정도로만 생각했다.

그런데 막상 흥조산에 오르고 용골을 지나다 보니 이건 도무지 사람이 다닐 길이 아닌 것이다.

하지만 어차피 달리 방법이 없다.

이제 와 돌아가기에도 너무 멀리 왔을뿐더러 돌아갈 수 있다고 해도 그럴 만한 처지가 아니었다.

황보세가의 눈을 피하는 길은 지금으로서는 흥조산밖에 없었다.

그나마 다행인 것은 용골만 무사히 지나면 된다는 것이다.

용골이 끝나면 그 다음부터는 평탄한 길이라고 했다.

그때 얼마간의 은전만 손에 쥐여 주면 지금의 불만들은

언제 그랬냐 싶게 사라질 것이다. 무인으로서의 자부심을 버리고 철저히 돈에 길들여진 표사들이야 돈이 곧 위로고 자부심일 테니까.

그러나 그것도 어디까지나 용골을 '무사히' 지났을 때의 얘기다.

"낙석이다!"

두 번째 낙석이 떨어졌을 때, 그것도 처음의 것보다 훨씬 더 큰 바위가 행렬의 가운데를 덮쳤을 때 '무사히'는 끝났다.

콰앙!

커다란 낙석이 정통으로 표물 하나를 들이받아 버린 것이다.

이히히히히힝!

놀란 말의 울음소리와,

"우와아악!"

마부의 비명 소리.

콰당탕당!

그리고 어찌해 볼 새도 없이 수레 하나가 낭떠러지 아래로 떨어졌다.

마부의, 그리고 말의 처절하고도 섬뜩한 비명 소리가 산야를 울렸다.

누구 하나 막을 생각도 못 했다.

아니, 그럴 틈도 없었다.

경황 중에 다른 수레의 말들까지 같이 놀라서 날뛰어 댔기 때문이었다.

그나마 경험 많은 마부들이야 금방 말을 진정시켰지만, 문제는 루하였다.

"으윽! 워워! 진정해! 진정들 하라고!"

고삐를 아무리 힘주어 당겨도 도무지 말을 듣지 않는다. 아니, 오히려 힘으로 누르려고 하면 할수록 더 겁을 먹고 바동거렸다.

그러던 중이었다.

덜컹!

어떤 큰 진동이 느껴진다 싶은 순간, 수레가 급격하게 옆으로 기울어졌다. 놀라서 뒤를 보니 수레의 뒷바퀴 한쪽이 낭떠러지에 턱 걸려 있었다.

"어…… 안 돼!"

놀란 루하가 급히 채찍질을 해 보지만,

덜커덩!

한 번 기울어진 수레는 무거운 석궤의 무게를 이기지 못하고 더 급격히 기울어질 뿐이었다. 엎친 데 덮친 격으로 수레가 걸쳐 있는 지반까지 무너져 내리고 있었다.

목숨의 위험을 느낀 말들이 어떻게든 버텨 보려고 발버

둥을 쳐 보지만 역부족이었다.

이히히히히힝!

여섯 마리 말의 구슬픈 단말마.

"피, 피해! 늦었어!"

체념 어린 외침들.

수레를 끌던 표사와 쟁자수들은 이미 그 피해에 휩쓸리지 않기 위해 멀찍이 벗어난 후였다.

거스르기에는 너무 늦은 상황, 루하도 더는 머뭇거리지 않고 마차를 벗어나려 했다.

그런데, 바로 그 순간에,

"나, 낙석이다!"

세 번째 낙석이 그대로 루하와 루하가 타고 있는 수레를 덮쳤다.

콰앙—!

엄청난 충격이 마차를 강타했다.

마차를 벗어나기 위해 급히 신형을 바로잡으려던 루하는 그 충격에 중심을 잃고 휘청했다.

하지만 그런 와중에도 발끝에 기를 모아 힘껏 도약했다.

아니, 힘껏 도약하려 했다.

하지만 디딤판이 없었다.

그가 발을 굴리려는 그 순간 수레가 푹 꺼졌기 때문이었다.

“크!”

수레가 아닌, 허공만을 허무하게 박찼다.

그런 와중에도 어떻게든 지푸라기라도 잡는 심정으로 급히 주위를 둘러보았다.

그리고 보았다.

가장 가까이에 있는 사람 하나.

표사인지 쟁자수인지는 모른다.

워낙에 다급한 상황이라 얼굴도 확인할 겨를이 없었다.

여전히 퍼붓는 장대비 속에서 시야에 들어온 것은 그저 어렴풋한 사람의 형체뿐이었다.

그리해 왼쪽 발등을 디딤판 삼아 오른발로 왼쪽 발등을 찍으며 최대한 몸을 쭉 뻗었다. 그리고 그 사람의 옷자락을 움켜쥐려 했다.

그런데 루하의 손이 막 그 사람의 옷자락을 움켜쥐려는 찰나였다.

탁—

그 생명줄이 너무도 매몰차게 그런 루하의 손을 뿌리쳐 버리는 것이 아닌가?

‘뭐……?’

루하는 그제야 그 사람의 얼굴을 보았다.

‘위서진…….’

그랬다.

루하가 필사적으로 뻗은 손을 매몰차게 뿌리친 인물은 뒷간에서의 일로 표행 내내 그의 신경을 긁어 댔던 위진표국의 부국주 위서진이었다.

더구나 그의 입꼬리는 지금 이 순간 너무도 선명히 비웃듯 말려 올라가 있었다.

다분히 고의적인 뿌리침.

"이런 개자식이!"

거의 머릿속이 다 새하얘질 정도로 화가 났다.

들끓는 분노로 눈에 핏발도 섰다.

정말이지 죽여 버리고 싶었다.

그러나 그럴 수 없다.

이미 갈 곳 잃은 루하의 몸은 그대로 안개 자욱한 낭떠러지 아래로 떨어져 내리고 있었던 것이다.

"루하!"

설란의 짤막한 외침이 들린 듯도 하지만 그마저도 빗줄기에 묻혀, 그리고 안개에 가려져 확인할 수 없었다.

第八章

두 번째 환골탈태

"어떻게 하시겠습니까?"

제갈세가의 총관 화의수사 을지담이 대강 행렬을 재정비하고 난 후 제갈휘에게 은밀히 물었다.

쟁자수 아홉과 표사 하나, 세 대의 수레, 세 개의 표물을 잃었다.

그 처리를 묻는 것이었다.

"일단 은형대를 남기고 우리는 이곳을 벗어납니다. 그리고 은형대에게 수색이 가능해질 때까지 기다렸다가 표물을 수습하라 지시하십시오."

"경사가 급하다곤 하나 만장 절벽이 아닌 만큼 아직 살아 있는 자들이 있을지도 모릅니다. 그리고 아무리 만현석으로 만들어진 것이라고 해도 그 상황에서 표물의 상태가 온전할지는 장담할 수 없습니다."

을지담의 말에 제갈휘가 생각할 것도 없다는 듯 단호히 말했다.

"만일 누군가가 살아 있고 그 살아 있는 누군가가 표물을 목격했다면, 당연히 죽여 입을 막아야지요."

제갈세가의 백년대계는 물론이고 존망마저 위태롭게 할 수 있는 일이었다.

생각할 것도, 선택의 여지도 없었다.

을지담 또한 이를 너무도 잘 알고 있었지만 딱 하나 걸리는 것이 있었다.

"떨어진 쟁자수들 중에는 예 소저와 가까이 지내던 삼절표랑도 포함이 되어 있습니다만……."

"그래서요?"

"그자의 처리는 어찌할지……."

을지담의 말에 제갈휘가 당연한 걸 뭘 묻냐는 듯 말했다.

"본가의 존망이 걸린 일인데 예외가 있을 수 있습니까?"

그렇게 말하는 제갈휘의 눈은 차갑게 웃고 있었다.

한 점의 거리낌도 없다.

'하긴, 오히려 잘 된 일이지.'

을지담은 설란에 대한 제갈휘의 마음이 결코 가벼운 것이 아님을 알고 있었다. 향후 의선가가 제갈세가에 얼마나 큰 힘이 되어 줄지도 알고 있다.

눈엣가시 같던 자가 사라졌는데, 이 같은 기회를 억지로 만들어도 모자랄 판국에 이 좋은 기회가 절로 찾아왔는데, 허무하게 어찌 그냥 놓치겠는가.

제갈휘의 뜻을 알아들은 을지담이 이내 고개를 끄덕였다.

그런 그의 입가에도 차가운 미소가 걸렸다.

그런데, 그런 그들의 야심찬(?) 계획은 시작부터 복병에 부딪쳤다.

“저도 남겠어요.”

은형대를 남겨 수색 및 수습 작업을 하겠다는 제갈휘의 말에 불쑥 그렇게 말을 던져 온 것은 다름 아닌 설란이었다.

“그게 무슨…….”

“루하의 생사를 확인해야겠어요.”

“그건…… 은형대에서 하면 될 일입니다. 더구나 소저께선 아직 저와 할 일이 있지 않습니까? 그걸 위해 표행에 동참하신 거구요.”

“그 일은 어차피 제갈세가에 당도해서 해도 되는 일이

죠. 가는 동안의 관리를 부탁하셔서 이렇게 표행에도 동참하긴 했지만, 사실 이백 년 동안 잠들어 있던 것들이 그 사이 문제가 생길 리는 없지 않겠어요? 그러니 의뢰하신 일은 제갈세가에 도착해서 하는 걸로 하고 저는 루하의 생사를 확인할 때까지 여기에 남겠어요."

"꼭 그렇게까지 하셔야겠습니까?"

"예. 저는 제갈세가를 믿지 못하니까요."

설란의 말에 제갈휘의 눈썹이 불쾌히 꿈틀거렸다.

"무슨 말씀입니까?"

"이 상황에서 제갈세가가 어떤 생각을 하고 있을지는 뻔하지 않나요?"

"……?"

"입막음!"

"……."

"아닌가요?"

설란의 도발적이고 직설적인 말에 제갈휘는 아무 대꾸도 하지 못했다.

그런 제갈휘를 보며 설란이 차분하고 담담히, 그러면서도 단호히 말했다.

"이해해요. 가문의 존폐가 달린 일이니 그보다 더한 결정도 내릴 수밖에 없으시겠죠. 하지만…… 루하는 안 돼요."

"그자가…… 소저에게 그렇게도 중요한 사람입니까?"

제갈휘의 말에 제갈휘를 똑바로 마주 보는 설란이다.

그리고 조금의 주저함도 없이 말했다.

"예. 제 목숨보다도 더 중한 사람이에요."

설란의 단호한 말에 제갈휘의 눈이 복잡하게 얽혀 들었다.

분노, 의문, 질투, 그리고 서운함…….

정말이지 많은 감정들이 뒤섞인 눈으로 그렇게 한참 동안 설란을 본다.

그러다 그러한 감정들을 억지로 씹어 삼키고는 물었다.

"만일 그자가 살아 있고 표물을 보았다면 그땐 어떻게 하시겠습니까?"

"이 일을 맡은 이상 의선가로서도 책임을 피할 수 없다는 건 제갈 공자님도 잘 아실 거예요. 그러니 의선가를 위해서라도 제가 책임지고 절대로 밖으로 새어 나가는 일이 없도록 할 거예요."

다시금 긴 침묵이 이어졌다.

하지만 이번에도 선택의 여지가 없는 일이었다.

의선가의 장녀가 남겠다고 하는데 어느 누가 이를 막을 수 있겠는가?

더구나 자칫 그녀에게 위해라도 가하게 되면 그땐 의선가가 나설 것이고 그리되면 표물의 정체는 만천하게 드러나고 말 것이다.

막을 수도, 말릴 수도 없다.

"알겠습니다. 그자의 신변은 소저에게 맡기도록 하죠. 하나, 살아남은 자가 더 있고 그자들이 표물의 정체를 알게 되었다면 그자들의 신변만큼은 저희의 뜻대로 처리하겠습니다. 말씀하신 대로 이는 제갈세가의 존폐와도 직결되어 있는 일이니까요."

당연한 일이다.

설란이 고개를 끄덕이자 문득 궁금하다는 듯 제갈휘가 물었다.

"그런데…… 소저께선 그자가 살아 있을 거라고 확신하고 계신가 보군요."

제갈휘의 질문이 조금 뜬금없다 싶었는지 설란이 잠시 그런 제갈휘를 바라본다.

그러다 이내 확신에 찬 어조로 말했다.

"그렇게 쉽게 죽을 사람이 아니에요. 그렇게 쉽게 죽어서도 안 되는 사람이구요. 반드시 살아 있을 거예요!"

*　　*　　*

"끄응……."

루하가 신음을 토하며 억지로 상체를 일으켰다.

“나…… 살아 있는 건가?”

얼마나 굴러떨어졌는지 모르겠다.

돌부리에도 부딪혔고 나뭇가지에도 긁혔다.

여기저기 들이박으면서 굴러떨어진 탓에 온 삭신이 다 쑤셨다.

그래도 살았다.

천만다행히도 이리저리 몸을 움직여 보니 어디 부러진 데도 없는 것 같았다.

사실 절대로 이렇게 온전할 수 있는 상황이 아니었다.

목숨이 붙어 있는 거야 둘째 치고라도, 온몸의 뼈란 뼈는 다 아작이 나야 정상이었다. 그만큼 험하게 굴렀다.

그런데도 이렇게 말짱한 것은 천지무극조화지기 덕분이었다.

이제 죽었구나 하는 순간, 단전의 지기가 절로 뿜어져 나와 온몸을 감싸던 느낌이 생생했다. 그리해 그 위험천만한 순간에도 큰 상처 하나 없이 이렇듯 무사할 수 있었다.

하지만 무사한 것은 그 혼자뿐이었다.

상황을 살피려 주위를 둘러보던 루하는 이내 눈살을 찌푸려야 했다.

바로 옆에 그와 함께 추락한 여섯 필의 말이 참혹한 모습으로 죽어 있었던 것이다.

뿐만 아니었다.

그보다 먼저 추락했던 다른 두 대의 수레 쪽도 마찬가지였다. 말이며 쟁자수며 할 것 없이 누구 하나 산 자의 모습이 아니었다.

신체 각 부위가 제멋대로들 뒤틀려 있었다.

그 참혹함에 소름이 돋는다.

그 와중에도 살아남은 것에 대해 안도감이 들기도 했지만 그런 한편으로 울컥 화도 치민다.

"그 개자식!"

위기의 순간에 매몰차게 자신을 뿌리쳤던 위서진이 떠오른 것이다.

입꼬리에 걸려 있던 비웃음을 생각하니 더 열 받는다.

"내가 언제고 그놈의 가죽을 벗겨서 아주 회를 쳐 버리고 만다!"

하지만 분노는 잠깐이었다.

목숨이 붙어 있다고 그것으로 끝이 아니었다.

여기서 빠져나가는 것도 그리 쉽지 않아 보였다.

그도 그럴 것이 좌우로는 깎아지른 듯한 천애절벽이었고 위아래로는 그저 보는 것만으로도 오금이 다 저릴 정도의 크고 깊은 천길 폭포였다.

결국 빠져나갈 길은 천길 폭포를 타고 내려가는 수밖에 없는데, 계속된 우기로 요 며칠 워낙에 비가 집중적으로 퍼부은 상태다 보니 폭포수가 아예 집채처럼 쏟아져 내리고 있었다.

이건 도무지 발 디딜 틈을 찾을 수가 없다. 근처에만 다가가도 폭포수의 거센 물줄기에 휩쓸려서 가루가 되어 버릴 것만 같았다.

"게다가 비까지 이렇게 내리는데 저길 무슨 수로 내려가냐고!"

그렇게 암담해하고 있는 그때, 문득 루하의 시야에 아무렇게나 내동댕이쳐져 있는 표물이 들어왔다.

신기한 것은 그런 와중에도 표물은 멀쩡하다는 것이다.

그 높이에서 그렇게 험하게 굴러떨어졌는데, 석궤를 묶고 있던 금제만 너덜너덜해졌을 뿐 정작 석궤는 어디 하나 부서진 곳이 보이지 않았다.

앞으로 여길 어떻게 빠져나갈지 막막한 중에도 그런 석궤를 보고 있자니 다시금 밀쳐 두었던 호기심이 불쑥 솟구쳐 올랐다.

"금제도 풀렸고…… 보는 사람도 없고…… 이런 상황에서 뚜껑 좀 열어 본다고 문제될 거야 없지 않겠어?"

오히려 이 상황에서 표물을 확인하지 않는다면 그거야말

로 멍청한 일이다.

모름지기 루하는 그렇게 멍청하게 살아오지 않았다.

생각이 거기에 미치자 바로 몸을 일으켰다.

그리고 석궤로 다가가 망설이지 않고 힘껏 석궤의 뚜껑을 밀었다.

그그그긍—

육중한 무게의 석궤가 거친 마찰음을 내며 열렸다.

그리해 표물을 확인한 루하는 그 순간 헛바람을 삼키며 뒤로 물러섰다.

"뭐, 뭐야, 이게? 시체잖아?"

시체였다.

그것도 머리털을 죄다 곤두서게 만드는 음산하고 섬뜩한 기운의 시체.

갑작스럽게 들이닥치는 어떤 한기에 가슴속까지 서늘해져 올 지경이다.

"이게 웬 시체냐고!"

잠깐의 놀람 뒤에는 신경질적인 황당함이다.

제갈세가의 표물이 시체였다니?

그럼 백 개가 넘던 석궤에 담긴 것이 모두 시체라는 말인가?

'대체 시체를 왜 옮기는 건데? 어디다 쓰려고?'

아니, 그보다…….

"시체 주제에 뭐가 이렇게 예뻐?"

예쁘다는 말로 다 표현이 되지 않는다.

요즘 들어 참 예쁜 사람들 많이 봤지만, 설란이야 말할 것도 없고 도하연만 해도 평생 처음 보는 미모였지만 지금 눈앞의 시체는 그런 것과는 차원이 달랐다.

도무지 눈을 뗄 수가 없다.

창백하다 못해 새하얀 피부가 어딘지 섬뜩한 한편으로 신비로움을 더해서 이건 도무지 인간 세상의 것처럼 느껴지지 않는다.

그리해 불쑥 고개를 추켜드는 의문 하나.

"정말 시체가 맞긴 한 건가?"

시체라면 대개 부패하고 썪어서 모습도 추악하고 냄새도 나야 하는 것이 정상 아닌가 말이다. 갓 죽은 시체를 담았다고 해도 장북에서 여기까지 오는 동안 걸린 시간만 무려 석 달이었다. 석 달 동안이나 시체가 이처럼 온전한 게 가능한 일일까?

의문은 이내 다시 호기심으로 변한다.

하물며 그 대상이 화용월태, 폐월수화, 경국지색이란 말조차 부족할 만큼의 절세미녀라면 더 말해 뭐할까?

루하는 뒤로 물렸던 걸음을 이내 되돌렸다.

그리고 조금 더 가까이 다가가 시체를 살폈다.

놀란 마음을 진정시키고 시체를 살피니 상당히 특이한 것이 하나 보였다.

시체의 손이었다.

그렇잖아도 피부 자체가 빙기옥골처럼 희고 맑은데 그 손은 그보다 더 새하얗고 맑아서 아예 투명하게 느껴질 정도였다.

그 기이한 모습이 섬뜩하고 께름칙하면서도 더욱더 강하게 호기심을 자극했다.

그리해 저도 모르게 손을 뻗어 그 투명한 손을 만졌다.

그런데, 그 순간이었다.

"헉!"

시체의 투명한 손에 루하의 손이 닿는 그 순간, 마치 살을 에는 듯한 한기가 스며들었다. 더욱 황당한 것은, 놀라서 반사적으로 급히 손을 떼려는데 어떤 강력한 흡착력이 루하의 손을 끌어당겼다는 것이다.

그뿐만이 아니었다.

"뭐, 뭐야, 이게?"

빨려 들어간다.

단전의 내공은 물론이고 온몸의 기운이 마치 썰물이 빠져나가듯 그렇게 시체에게로 흘러들어 가고 있었다.

저항할 수 없었다.

난생처음 경험하는 괴변에 거의 기겁하다시피 하며 다시 손을 떼 보려 했지만 아예 시체와 한 몸이라도 된 것처럼 꿈쩍도 하지 않았다.

"뭐, 뭐냐고, 이게!"

더욱 암담하고 그를 무섭게 하는 것은 기운이 빠져나가는 것과는 반대로 스며들던 한기는 더욱 거세지고 있다는 것이었다.

아니, 정말로 무서운 장면은 그 다음이었다.

시체와 닿은 루하의 손이 그 순간 녹색으로 물들기 시작한 것이다.

심지어 손을 물들이기 시작한 녹색의 정체 모를 무언가는 손을 타고 오르는가 싶더니 급속도로 온몸으로 퍼져 나가고 있었다.

"이, 이건 또 뭐야? 설마 이거…… 독이야?"

모골이 다 송연해졌다.

그야말로 절망과도 같은 공포가 밀어닥쳤다.

그리고 이어진 것은 공포조차도 떠올릴 수 없을 정도의 극심한 고통이었다.

"으으으으으으으……."

그동안 살면서 가장 고통스러웠던 기억이라면 홍염마수

이우경과 싸울 때였다.

해일처럼 밀려들던 이우경의 홍염에 살과 뼈가 타고 오장육부가 녹아내리는 것 같은 고통은 다시 생각해도 끔찍했다.

그런데, 지금 이 순간의 고통은 그때의 두 배는 될 만큼 더 지독했다.

정신이 아득해 왔다.

아무런 저항도 할 수 없었다.

비명조차 새어 나오지 않는다.

그 거스를 수 없는 고통 속에서 그의 정신은, 의식은 너무도 무기력하고 나약했다.

그런데 그때였다.

그의 정신이 의식과 무의식의 중간쯤에 걸쳐 있을 때, 어디가 더하고 덜하다고도 짚을 수 없을 만큼 온몸이 극악한 고통에 휩싸여 있던 그때, 느닷없이 어느 한 점에서부터 피어난 상쾌함이 고통을 지운다.

어깨였다.

아니, 단전이었나?

다리였던 것도 같다.

의식과 무의식의 경계에서 루하가 느낀 것은 어딘지 모를 곳에서 하나둘 상쾌함이 피어나 고통을 지운다는 것이었다.

비단 고통만이 아니었다.

실제 루하의 몸에도 변화가 일어나고 있었다.

녹색으로 변했던 몸이 한 점 한 점 다시 원래의 색을 찾고 있었던 것이다.

그렇게 몸이 전부 원래의 색을 찾자 그토록 떨어지지 않던 시체도 손에서 떨어졌다.

그런데, 이건 또 뭘까?

상쾌함이 온몸을 휘돌아 단전 안으로 스며드는 그 순간, 상쾌함이 생겨났던 그 자리에 점점이 뜨거운 기운이 돋아나더니 온몸 구석구석을 내달렸다. 그리해 몸속으로 밀려들던 한기마저도 집어삼키고는 상쾌함이 그랬던 것처럼 그 길 그대로 단전으로 쑥 빨려 들어갔다.

그리고 단전에 먼저 자리를 잡고 있던 금, 토, 수의 기운과 그대로 충돌했다.

콰앙—!

고통은 없었다.

아니, 오히려 그것은 황홀하기까지 한 쾌감이었다.

콰앙—!

다시 충돌했다.

또 충돌하고 또 충돌했다. 그러면서 조금씩조금씩 섞여

든다.

그리고 그때마다 의식과 무의식의 경계에 있던 정신은 반복된 쾌감과 지극한 황홀감 속에서 조금씩조금씩 제자리를 찾는다.

그리해 마침내 의식이 완전히 돌아왔을 때, 루하의 몸에 새로운 변화가 생겼다.

"……?"

루하의 몸이 자신의 의지와는 상관없이 어떤 부력에 의해 저절로 두둥실 떠오르는가 싶더니 돌연 온몸에서 정체 모를 오색찬란한 빛이 새어 나오는 것이었다. 그리고 그것은 이내 투명한 막이 되어 루하를 감쌌다.

'뭐, 뭐야?'

괴이한 현상에 당황해하는데, 어찌 된 영문인지 생각해 볼 새도 없이 몸이 변하기 시작했다.

피부가 쩍쩍 갈라졌다.

벗겨진 피부 위로 새살이 돋고, 그것이 다 아물자 이내 다시 벗겨지기를 반복한다.

그런 와중에 불현듯 뇌리를 스쳐 가는 것이 있었다.

'설마…… 이거 혹시 환골탈태 아냐? 나 또 환골탈태 하는 거야?'

그러고 보면 무림 호걸들의 영웅담에 흔히 등장하던 환

골탈태의 모습과 상당히 흡사했다.

다만 다른 것은,

'보통은 이렇게 말짱한 정신으로 환골탈태를 하진 않았는데?'

대개의 영웅담에 등장하던 환골탈태는 언제나 극심한 고통을 동반하기 일쑤였다. 그게 아니더라도 정신이 온전한 채로 환골탈태를 하는 경우는 들어 본 적이 없었다.

지기를 흡수한 날, 처음으로 환골탈태를 했을 때도 그는 아무런 의식이 없었었다. 그래서 자신이 환골탈태를 했다는 것도 모른 채 산을 내려왔다.

설란에게 상황을 전해 듣지 않았더라면 어쩌면 지금까지도 까마득히 모른 채 쟁자수라 멸시받으며 그렇게 멍청하게 하루하루를 살아가고 있었을지도 몰랐다.

그런데 지금은 첫 번째 환골탈태 때와는 달리 더할 수 없을 정도로 정신이 또렷했다.

고통도 없었다.

고통은커녕 껍질이 벗겨지고 새살이 돋아날 때마다 몸은 가벼워지고 마음은 홀가분해지고 정신은 청명해진다.

다르다는 것이 슬며시 의심을 만든다.

'이게 정말 환골탈태가 맞긴 한 거야?'

하지만 어떻게 봐도 환골탈태가 틀림없다.

상황도 딱 맞아 떨어진다.

설란은 환골탈태에 대해 이렇게 말했다.

갑작스럽게 엄청난 내공이 생겨나거나 특별한 힘을 얻었을 때, 그 힘을 감당할 수 있는 적합한 그릇이 되기 위해 신체가 변하는 것이라고. 그것이 환골탈태라고.

그걸 생각하면 지금까지 자신에게 일어난 모든 상황들이 일목요연해진다.

조금 전의 그 정체 모를 상쾌함과 뜨거움은 아직 깨어나지 않았던 목과 화의 기운일 것이다.

'그렇게 깨어난 목과 화의 기운이 지금 단전 속에서 금, 토, 수의 기운과 하나로 합쳐지고 있는 거고.'

그러면서 하나로 합쳐지고 있는 지기의 그 엄청난 기운을 감당하기 위해, 거기에 적합한 그릇이 되기 위해 그의 신체가 두 번째 환골탈태를 시작한 것이다.

환골탈태를 두 번씩이나 하게 되다니?

'나 진짜 얼마나 더 대단해지려고 이러는 거야?'

떨렸다.

설레고 흥분된다.

첫 번째 기연에서는 아예 의식이 없었다.

그래서 기연을 얻었는지도 몰랐고 설란에게 이야기를 들었을 때도 그다지 실감이 나지 않았다.

하지만 지금은 자신에게 찾아온 이 놀라운 기연의 순간을 너무도 선명하게 두 눈에 담고 있었다.

그 가슴 떨리도록 짜릿한 기분을 어찌 다 말로 표현할까?

그런데, 그때였다.

끊임없이 충돌하고 섞이기를 반복하던 지기가 마침내 하나가 된 그 순간이었다.

그를 감싸고 있던 오색찬란한 빛 무리가 지금까지와는 비교도 안 될 만큼 강렬하게 빛나는가 싶더니 마치 폭발하듯 온 사방으로 퍼져 나갔다.

정말이지 온 세상을 다 뒤덮을 듯한 빛이었다.

눈이 부셔서 아무것도 분간이 안 된다.

너무 눈이 부셔서 정신마저 아득해진다.

마치 녹아드는 느낌이었다.

눈도, 의식도, 몸도 다 녹아서 그 빛 무리 속으로 스며들어 가는 느낌.

더 없는 평온 속으로 점점 침잠되어 모든 것이 사라져 버리는 듯한 느낌 속에서 그렇게 루하는 의식의 끈을 놓았다.

더할 수 없이 기분 좋게.

더할 수 없이 평온한 얼굴로.

그렇게 루하는 잠들었지만 그의 몸에서는 그 후로도 계속해서 빛 무리가 퍼져 나와 사방을 적셨다.

*　*　*

얼마나 지났을까?

사방으로 뿌려졌던 빛 무리가 제자리를 찾듯 루하의 몸 속으로 다시 갈무리된 것은?

그리해 평온 속에서 잠들었던 루하가 다시 눈을 뜬 것은?

정말이지 잠깐 눈을 감았다 뜬 것 같았다.

마치 잠이 들었던 시간만 기억에서 싹 도려내진 것 같은 기분이었다.

하지만 잠깐 눈을 감았다 뜬 것이 아니었다.

아니, 어쩌면 잠깐일 수도 있지만 또 어쩌면 상상할 수도 없을 만큼 긴 시간을 자 버린 것일지도 몰랐다.

그도 그럴 것이 잠깐 눈을 감았다 뜬 사이 주변이 너무 많이 달라져 있었던 것이다.

잠들기 전까지는 흙과 자갈뿐이던 땅이었다.

그런데 지금은 마치 다른 세상에라도 온 것처럼 주위가 온통 무성한 풀들과 만개한 꽃들로 가득했다.

더구나 풀이며 꽃이며 하나같이 비정상적으로 컸다.

하지만 그것이 신비롭긴 했지만 놀랍지는 않았다.

생소한 광경이 아니었기 때문이다.

일찍이 한 번 본 적이 있었다.

첫 번째 환골탈태 때.

그때는 반대로 무성했던 풀이 환골탈태 후에 다 메말라 화석처럼 변해 있었지만, 어쨌든 이 기괴하다 싶을 만큼 괴이한 풍경은 루하에겐 익숙한 것이었다.

그 익숙함이 기분 좋은 확신을 준다.

'그래! 역시 그건 환골탈태였던 거야!'

단지 짐작만이 아니었다.

실제로 달라졌다.

시력도, 청각도, 살갗에 닿는 바람의 촉감도.

딱히 뭐라 형언할 수는 없지만, 눈을 뜨기 전까지의 자신과 지금의 자신은 왠지 본질부터가 달라져 버린 듯한 느낌이었다.

'어쩌면 얼굴도…….'

당장 가지고 있는 동경이 없어 확인은 할 수 없었지만 첫 번째 환골탈태 때도 그랬듯이 좀 더 잘 생겨지지 않았을까?

일단 얼굴은 뒤에 확인하기로 하고 몸 상태부터 살폈다.

역시 기운이 넘친다.

예전에 처음 운기조식을 했을 때의 느낌과 비슷하지만 그때보다도 훨씬 더 충만되고 훨씬 더 강한 기운이 느껴졌다. 특히 단전을 가득 채우고 있는, 이젠 그 성질을 구분 지을 수 없을 만큼 완벽하게 섞여서 하나가 된 지기는 이 순간 폭발할 듯이 꿈틀거리고 있었다.

잠시 그 기운을 음미해 보던 루하가 이내 단전의 기운을 두 다리로 돌렸다. 그리고 응축된 기운을 이용해 가볍게 땅을 박찼다.

팡—!

발끝에서 울리는 경쾌한 소음이 있고,

슈웅—

루하의 몸이 마치 쏘아 올린 활처럼 그 자리에서 솟구쳐 올랐다.

일 장, 이 장, 삼 장, 사 장……. 그 탄력은 순식간에 십여 장 높이를 돌파하고서야 겨우 멈췄다. 그러고도 아직 여력이 남았는지 빙글 공중제비까지 선보이고는 바닥에 착지하는 루하다.

이미 흥이 날 대로 나 버린 루하는 그것으로도 만족 못 하겠는지 아주 미친놈마냥 사방팔방 방방 뛰어다녔다.

한 번 발을 굴릴 때마다,

파앙—!

경쾌한 소리가 울려 퍼지고, 그럴 때마다 루하의 신형은 마치 환상처럼 공간을 격하며 동에 번쩍 서에 번쩍 한다.

한참을 그렇게 날뛴 후에는 그냥 웃었다.

"우ㅎㅎㅎㅎㅎㅎ."

웃음이 멈추지 않는다.

"우ㅎㅎㅎㅎㅎㅎㅎㅎ."

이런 짜릿함이라니.

이런 놀라움이라니.

천지무극조화지기를 모두 흡수한다는 것이 이렇게 대단한 것이었다니.

세상이 달라져 보였다.

세상이 만만해 보였다.

그토록 거대했던 세상이 지금 이 순간만큼은 마치 주먹을 움켜쥐면 그 안에 다 들어올 것만 같이 작게 느껴졌다.

그만큼 루하는 자신의 변화를, 그 가능성을 온몸으로 체감하고 있었다.

그리해 웃음이 터졌다.

"우하하하하하! 이거 진짜 죽인다!"

第九章

팔공산으로

루하는 예기치 않게 찾아온 기연을, 그 변화를 즐길 수 있을 만큼 실컷 즐겼다.

그렇게 한참을 날뛴 후에야 겨우 흥분을 가라앉히고는 당장 눈앞에 있는 문제로 시선을 돌렸다.

"그럼 이제 여길 어떻게 빠져 나가냐 하는 건데……."

이젠 어려울 것도 없는 일이었다.

떨어졌던 곳으로 다시 올라가면 그만이다.

까마득하게 보이는 높이에 거의 절벽에 가까운 경사지만 지금이라면 거뜬히 올라갈 수 있을 것 같았다.

더구나 미친 듯이 퍼붓던 비도 어느샌가 언제 그랬냐 싶게 말끔히 그쳤다.

그걸 보면 눈을 감았다 뜬 것이 '잠깐'은 확실히 아니었던 것 같다.

'얼마나 지난 건지는 모르겠지만…….'

아무튼 지금은 그게 중요한 것이 아니다.

루하의 시선이 석궤를 향했다.

아니, 단지 돌로 된 상자가 아니니 이젠 석관이라 해야 맞다.

"이걸 어떻게 한다?"

아무리 환골탈태를 두 번이나 했다고 해도 저 무거운 걸 들고 올라가는 건 무리였다.

그렇다고 시체만 빼서 옮길 수도 없다.

목과 화의 기운에 정화가 되었다고 해도 그 지독했던 독과 한기를 생각하면 아직도 머리털이 다 곤두설 지경이다.

"역시 뒤처리는 제갈세가한테 맡겨야겠지?"

그게 가장 현실적인 방법이었다.

물론 그러자면 이대로는 안 된다.

그토록 보안에 철저하게 굴던 제갈세가인 만큼 자신이 석관을 열어 보았다는 것이 들통 나서 좋을 게 없다.

거기까지 생각한 루하는 열었던 석관의 뚜껑을 처음 상태로 흔적 없이 닫았다. 뜯기고 해져 너덜너덜해져 있는 금제도 사람 손이 닿지 않은 것처럼 잘 정리했다.

그러고 나서 자신이 떨어진 낭떠러지 위를 올려다보았다.

비는 그쳤지만 아직 산안개는 짙었다.

그래서 더 높아 보이다 못해 까마득하게 느껴졌지만 이미 자신감이 넘치는 루하다.

주저 없이 땅을 박찼다.

파앙—!

경쾌한 발굴림.

그리고 루하는 하늘을 날아올랐다.

*　　*　　*

"언제까지 더 기다려야 하죠?"

설란이 답답하다는 듯 물었다.

설란의 물음에 은형대 대주 이도명이 대답했다.

"이제 두 시진 정도면 산안개가 완전히 걷힌다고 합니다. 수색은 그때 시작할 것입니다."

이도명의 대답에 설란이 한숨을 내쉬었다.

용골의 끝자락에서 안개 자욱한 낭떠러지 아래를 하염없이 바라보는 그녀의 눈에는 불안과 걱정이 교차하고 있었다.

벌써 사흘이었다.

지독하게 퍼붓는 빗줄기 탓에 사흘이나 루하의 생사를 확인할 길이 없어 애를 태우는 중이었다.

사흘에 비하면 두 시진은 그리 긴 시간도 아니건만 긴 기다림에 많이 지쳐 있는 터라 그 두 시진이 참 길게 느껴졌다.

조급했다.

마음 같아서는 당장에라도 아래로 내려가 보고 싶었다.

하지만 아직 산안개가 걷히지 않은 상태에서 무턱대고 아래로 내려간다는 것은 무모한 일이었다. 이도명의 말대로 안개가 걷히기 전에는 수색을 하는 것도 수습을 하는 것도 무리였다.

지금 그녀가 할 수 있는 일은 그저 혹여라도 제갈세가의 은형대가 허튼 생각을 하지 못하도록 이 자리를 같이 지키는 것뿐이다.

그녀는 기본적으로 제갈세가를 믿지 않았다.

명문이라는 이름 두 글자를 지키기 위해서라면 그 어떤 짓도 할 수 있는 것이 그들 명문세가의 습성임을 너무도 잘 알고 있었다.

하물며 자신에게 청혼까지 해 온 제갈휘다.

남녀 간의 상열지사에 대해선 잘 모르는 그녀였지만 제갈휘가 어떤 마음으로 청혼을 해 왔는지, 자신을 어떤 마음으로 보고 있는지 정도는 알고 있었다.

당연히 자신의 옆에 찰싹 붙어 있는 루하에 대한 감정이 좋을 리가 없다.

그러하기에 더더욱 마음을 놓을 수가 없는 것이다.

루하를 눈엣가시처럼 생각하는 제갈휘라면 뒤로 무슨 짓을 할지 아무도 모르는 일이니까.

'무사하겠지?'

수십 번도 더 반복했던 질문을 또 해 본다.

부질없음을 알면서도 불쑥불쑥 차오르는 걱정에 심장이 조여 온다.

수색할 시간이 가까워 오니 마음은 더 불안해져만 간다.

그렇게 초조하고 불안한 눈을 낭떠러지 아래로 하염없이 던지고 있을 때였다.

"응……?"

낭떠러지 아래 짙은 산안개 속에서 문득 흐릿한 그림자가 비쳤다.

처음에는 날짐승인가 했다.

하지만 날짐승이라고 하기에는 그림자가 너무 크다.

'사람?'

하지만 사람이 어떻게 저토록 급한 경사를 마치 날짐승처럼 뛰어오를 수가 있단 말인가?

의아해하며 시선을 집중시키는데, 그런 설란의 눈에 마침내 산안개를 뚫고 자신의 머리보다 대여섯 장은 더 높이 솟구쳐 오르는 인형 하나가 들어왔다.

그리고 그 순간,

“어?”

“어?”

설란과 그 인형의 입에서 동시에 어리둥절한 감탄사가 터져 나왔다.

“루하……?”

그랬다.

그 인형은 다름 아닌 루하였다.

루하가 가볍게 설란의 앞에 착지하고는 물었다.

“뭐야? 왜 아직 여기 있는 거야? 나 기다린 거야? 표행은? 아니 그보다, 그사이 시간이 얼마나 지난 거지?”

연속해서 질문이 퍼부어지는데도 설란은 잠시간 아무 말도 하지 못한 채 그저 멍하니 루하만 바라봤다.

반가움도 반가움이지만 지금 이 순간 루하가 꽤나 낯설게 느껴졌기 때문이었다.

생김도, 기운도, 분위기도 묘하게 달랐다.

더 잘생겨진 듯도 하고 더 커진 듯도 하고 더 여유로워진 듯도 하다.

무엇보다 한 마리 날짐승마냥 낭떠러지를 뛰어오르던 그 표홀함이라니?

은형대의 무사들도 루하의 놀라운 신위에 다들 얼이 빠져 있었다.

삼절표랑의 소문이야 익히 들었지만 이런 놀라운 신위를 보여 줄 거라고는 생각도 못 했다. 경공술만 보자면 제갈세가의 가주라도 거기에는 미치지 못할 것 같았다.

그런 은형대 무사들을 의식한 설란이 그들의 귀가 닿지 않는 곳까지 루하를 끌고 갔다.

그리고 물었다.

"어떻게 된 거야?"

"뭐가?"

"지기가 깨어난 거지? 목과 화를 다 얻은 거지? 그래서 다섯 가지 지기를 모두 흡수한 거지? 그렇지?"

단지 루하의 얼굴만 보고도 모든 상황을 손바닥 보듯 훤히 꿰뚫어 보는 설란이다.

루하가 혀를 내둘렀다.

"아무튼 귀신이라니까. 그래, 맞아. 온전히 다 흡수했어."

"진짜야? 그거 진짜야? 거짓말 아니지? 그치? 진짜 진짜인 거지?"

"거참. 진짜진짜 진짜라니까."

돌연 설란의 눈에 물기가 어렸다.

목이 메는지 입술도 울먹울먹거린다.

"그럼…… 그럼 이제……."

"그래. 이제 네 동생 살릴 수 있어. 분명 그럴 거야. 의술에 대해선 잘 모르지만 지금 내 안에서 막 꿈틀거리고 있는 이 지기라면, 이 말도 안 되게 끝내주는 놈이라면 세상에 못 고칠 병 따위는 없을 거 같은 기분이 들거든."

그렇게 말하고는 히죽 웃어 보이는 루하다.

한 점의 의심도 없는 웃음이었다.

한 점 의심도 없는 그 웃음이 무한한 신뢰를 준다.

얼마나 소원했던 일이던가.

얼마나 간절히 기다리고 기다렸던 순간이던가.

지난 일이 주마등처럼 스쳐간다.

그렁그렁하던 눈에서는 왈칵 눈물이 쏟아질 것만 같았다.

만일 그때, 은형대 대주 이도명이 말을 걸어 오지 않았더라면 설란은 정말 그 자리에서 펑펑 눈물을 쏟았을지도 몰랐다.

"표물은 어떻게 되었습니까?"

설란에게 있어 가장 중요한 것은 루하의 안위였지만 그들에게 있어 가장 중요한 것은 표물이었다.

루하의 놀라운 신위에 잠시 얼이 빠져 있었지만 자신의 본분만은 잊지 않았다.

"표물요?"

루하가 눈살을 찌푸렸다.

"보셨습니까?"

"보긴 봤죠. 같이 굴러떨어졌으니까."

"하면 그 안의 내용물도 보셨습니까?"

이도명의 눈빛이 좀 더 날카로워졌다.

분위기가 심상치 않음을 느낀 루하가 시치미를 뗐다.

"아뇨. 안 봤는데요? 석궤도 말짱했고."

제갈세가에서 대체 왜 시체 같은 걸 옮기는 것이며 왜 그토록 비밀을 엄수하는 것인지는 여전히 이해가 되지 않았지만, 어쨌든 이럴 때를 대비해서 열어 봤던 흔적은 깔끔히 지웠다.

루하가 천역덕스럽게 시치미를 떼자 이도명이 다시 물었다.

"혹시 다른 표물은 어찌 되었습니까? 쟁자수 몇도 같이 떨어졌는데……."

"표물은 모두 괜찮았어요. 석궤도 부서진 것이 없었고. 근데 쟁자수들은…… 다 죽었어요."

"……."

"나만 빼고 사람이고 말이고, 죄다 죽었죠. 아주 끔찍하게. 하긴, 높이가 칠십 장은 족히 되는 곳인데, 살아 있다면 그게 오히려 이상한 일이겠죠."

"칠십 장이나 된단 말입니까?"

"예. 시체를 수습하는 거야 그렇다 쳐도 그 무거운 표물을 칠십 장 높이로 끌어 올리려면 진짜 장난 아닐걸요? 게다가 여기서 보는 것보다 아래로 갈수록 경사도 더 심해지거든요. 거의 절벽이나 다름없어요. 그렇다고 다른 길이 있는 것도 아니고. 위로도 아래로도 폭포뿐인데 폭포 쪽은 아예 사람이 다닐 수 있는 길이 아니었어요."

루하의 말에 새삼스럽게 루하를 보는 이도명이다.

칠십 장 높이에 그 정도 경사라면 내려가고 올라가는 것도 몸에 밧줄을 묶어야 가능한 일이었다. 그런 곳을 이 어린 소년은 맨몸으로 거뜬히 올라왔다는 것이 아닌가?

'삼절표랑에 대한 소문이야 들었지만…….'

그때는 대수롭지 않게 생각했다.

홍염마수 이우경을 죽였다지만 그건 오히려 홍염마수의 이름이 과하게 포장이 되었거나 방심의 결과였거나 지극히

운이 좋았거나 셋 중 하나라 생각했다.

'아니면 셋 다이거나.'

소문이야 늘 부풀려지기 마련이니까.

그런데 지금 보니 오히려 소문이 턱없이 부족했던 느낌이다.

그건 단지 조금 전 목격한 경공술 때문만은 아니었다.

기도부터가 예사롭지 않다.

소년에게서 은은하게 흘러나오는 기도는 지금껏 한 번도 접해 본 적이 없는 것이었다.

불도 아니고 물도 아니다.

정적인 것도 아니고 동적인 것도 아니다.

단단한 것도 같으면서도 부드러운 것도 같고, 지극히 올곧은 것 같으면서도 왠지 변화무쌍하고 자유롭다.

'낯설다고 할지 신비롭다고 할지…….'

그런데 그 낯설고 신비로운 기운이 묘하게 위축감을 들게 한다.

무거운 것도, 날카로운 것도, 치열한 것도 아닌데 루하를 보고 있자니 왠지 모르게 그의 모든 감각이 위험신호를 보내 온다.

왜 그동안 보지 못했을까?

아무리 관심 밖으로 두고 있던 인물이었다고 해도 이 정도의 기운이라면 충분히 눈에 띄고도 남았을 텐데 왜 그동안은 알아차리지 못했을까?

이도명이 그렇게 새삼스러운 눈으로 루하를 살피는데, 루하가 다시금 궁금한 것을 물었다.

"근데 정말 다들 어디 간 거죠? 표행은 어떻게 됐어요? 내가 저기로 떨어진 지 얼마나 지난 거예요?"

루하의 질문에 설란이 대답했다.

"홍조산이 끝나는 곳에 큰 관제묘가 있는데 거기서 합류하기로 하고 다들 먼저 내려갔어. 여긴 나랑 은형대분들만 남은 거야. 그리고 네가 떨어진 지 오늘로 사흘째 되는 날이야."

"사흘?"

생각보다 시간이 많이 지난 듯도 하고 또 생각보다 시간이 얼마 안 지난 듯도 한 아리송한 느낌에 루하가 눈살을 찌푸렸다. 그러다 다시 궁금해져서 물었다.

"다들 내려갔다면서 넌 왜 여기 있는 거야? 혹시 나 때문에 남은 거야? 이 험한 곳에? 비까지 맞으면서? 사흘 내내?"

그러고 보니 설란의 행색이 말이 아니었다.

끼니도 제대로 챙기지 못했는지 그 곱던 얼굴은 초췌했고 맑던 눈동자도 퀭했다.

"내 걱정하느라 잠 한숨 못 잤나 보네."

"니 걱정한 게 아니라 내 동생 걱정한 거거든?"

삐죽 입술을 내밀며 새침을 떠는 설란을 보고 있자니 귀여움을 넘어서 뭉클한 감동이 물밀 듯이 밀려든다.

루하가 그렇게 감격한 표정으로 설란을 보자 설란이 쑥스러운지 다시 입술을 삐죽 내밀었다.

"뭘 또 그렇게 감격까지 하고 그래? 네 목숨이 너 혼자만의 목숨이 아니라서 그런 것뿐이라니까?"

"하긴 그렇지. 이젠 나 혼자만의 목숨이 아니지. 평생 널 책임져야 할 네 낭군님이지."

"내 동생 말한 거거든?"

"그럼 뭐 처남도 책임져 주면 되고. 어차피 한 식구가 될 거니까."

"한 식구는 무슨…… 죽다 살아나고도 어떻게 넌 변한 게 없니?"

"왜? 나 완전 변했는데? 죽다 살아나니까 더 막 애틋하고 그런데? 사람 목숨이란 게 한순간에 어떻게 될지 모른다 생각하니까 더 막 내 감정에 솔직해야 되겠다 싶고 그런데?"

루하의 능청에 설란이 못 말리겠다는 표정으로 한숨을 푹 내쉰다.

하지만 그런 그녀의 눈에는 루하가 살아 있는 것에 대한 안도와 동생을 살릴 수 있게 되었다는 들뜬 환희가 고스란히 남아 있었다.

그때 이도명이 물었다.

"어떻게 하시겠습니까? 앞서도 말씀드렸다시피 안개가 걷히려면 두 시진은 더 기다려야 하는데, 먼저들 내려가서 합류하시겠습니까?"

이도명의 물음에 루하가 고개를 저었다.

"두 시진 정도야 그냥 기다리죠, 뭐. 표물을 끌어 올리려면 한 사람이라도 더 힘을 보태는 게 좋을 테니까. 필요하면 저도 내려가서 도울게요."

"아닙니다. 표물과 시신을 수습하는 건 저희 은형대가 알아서 할 터이니 소협은 인양하는 것만 도와주십시오."

루하는 이도명의 말 속에서 경계하는 마음을 느꼈다.

이 상황에서도 여전히 표물의 보안에 신경 쓰고 있는 것이다.

루하가 어깨를 으쓱여 보였다.

"뭐, 그럼 그렇게 하시던가요."

혹여라도 표물을 열어 본 것이 들킬까 봐 내심 조마조마하긴 했지만 겉으로는 내색하지 않고 일부러 더 태연한 척 굴었다.

다행히 뒷수습은 별 탈 없이 진행되었다.

표물을 열어 본 흔적을 발견하지 못했는지 별반 의심도 받지 않았다.

아무튼 그렇게 회수한 세 개의 표물은 각기 미리 준비해 둔 새로운 짐수레에 옮겨 실었다. 그리고 쟁자수 여덟 명과 표사 한 명의 시신도 모두 수습했다.

그렇게 세 개의 표물과 아홉 구의 시신을 모두 수습한 그들은 곧장 관제묘로 향했다.

관제묘로 향하는 길.

멀찍이 앞서가는 은형대의 눈치를 보며 설란이 루하에게 슬그머니 물었다.

"어떻게 된 거야?"

"뭐가?"

"거기에서 무슨 일이 있었던 거야? 대체 무슨 일이 있었길래 지기를 다 흡수한 거야?"

동생을 살릴 수 있게 된 것이 무한히 기쁘지만 그것과는 별개로 궁금한 건 궁금한 거였다.

그건 루하도 마찬가지였다.

그렇잖아도 루하도 계속 궁금해서 기회만 보고 있던 참이었다.

"그 전에 먼저, 그건 대체 뭐야?"

"그게 뭐냐니?"

"시체 말이야, 시체! 제갈세가가 왜 시체 같은 걸 옮기는 건데?"

"봤어?"

"보기만 했게? 만지기까지 했는데? 그러다 죽을 뻔했고, 그때 지기가 깨어난 거야. 목과 화가 한꺼번에. 그래서 지금 내가 이렇게 된 거고."

"아……!"

그 순간 설란의 궁금증은 모두 풀렸다.

"그렇게 된 거구나……."

그런 설란의 중얼거림이 루하를 더 답답하게 만들었다.

루하가 이맛살을 구기며 툴툴거렸다.

"혼자만 알지 말고 나도 좀 끼워 주지? 그 시체는 뭐고 그게 왜 지기를 깨운 건데?"

루하의 질문에 잠시 머뭇하던 설란이 이내 더는 숨길 일이 아니라 판단하고는 대답했다.

"그거…… 시체 아냐."

"시체가 아니라니? 분명히 죽은 사람의 시체였는데?"

"시체라면 시체라고 할 수 있긴 한데…… 보통은 그걸 시체라고 하진 않아."

"시체라고 하지 않으면? 그럼 보통은 뭐라 그러는데?"

"강시."

"뭐?"

강시라니?

이게 무슨 귀신 씻나락 까먹는 소리란 말인가?

그런데도 부지불식간에 납득을 해 버리게 되는 것은 아마도 그 시체 같지 않던 시체를, 그 시체로 인해 일어난 기이한 현상들을 직접 보고 겪은 때문일 것이다.

루하가 그렇게 어리둥절과 납득의 교차점에서 혼란스러워하고 있는 사이 설란의 설명이 이어졌다.

"정확히는 환혼혈강시(還魂血彊屍). 그게 네가 본 시체의 정체야. 얼마 전 제갈세가가 혈마동에서 모두 백여덟 구의 환혼혈강시를 발견하고 옮기게 된 거지. 제갈세가가 그토록 철저하게 보안에 신경 썼던 것도 그 때문이야. 강시란 건 워낙에 사악한 술법으로 만들어지는 것이라 무림에선 금기시되는 것이니까. 그런 사마외도를 정파인들이 용납할 리가 없으니까 말이야."

"대체 강시로 뭘 하려는 건데? 의선가는 거기에 왜 끼어든 거고?"

"일차적인 목적은 연구야. 어떻게 만들어지는지, 어떤 약물을 쓰기에 인간의 몸이 도검불침의 피부가 될 수 있는

지, 어째서 이백 년이나 지나도록 부패하지 않는 건지……
강시에 대해선 어느 하나 세상에 알려진 것이 없으니까. 혈마동에서도 거기에 대한 단서는 찾을 수 없었고."

"그러니까 그 연구에 의선가의 지식이 필요하다?"

"맞아."

"일차적인 목적이 연구라면 그럼 이차적인 목적은 뭔데?"

"뭘 거 같아?"

"혹시 써먹으려는 거야? 그 백여덟 구의 강시를?"

"아직은 뭐라 단정할 수 없어. 환혼혈강시의 완성 여부도 아직 확실치가 않으니까. 하지만 만일 그 강시들이 이미 완성된 거라면, 그게 아니더라도 그걸 완성시킬 수 있는 방법을 찾게 된다면, 그래서 그걸 부릴 수 있게 된다면 그걸 단지 연구용으로만 써먹진 않겠지. 제갈세가가 다른 육대가문에 비해서 유일하게 부족한 것이 무력인데 강시 중에서도 최강이라는 환혼혈강시라면 그 부족한 무력을 채우고도 남을 테니까. 사실 제갈세가에서 우리 의선가에 진정으로 기대하는 부분도 그 부분이고."

"하지만 무림에선 금기시되는 거라며? 정파인들이 용납하지 않을 거라며?"

"힘이란 건 갖추기까지의 과정이 어렵지 일단 갖추고 나면 그걸 유지하고 지키는 일은 어렵지 않으니까. 제갈세가라면 어떻게 해서든 방법을 찾겠지. 그러니까 강시를 부릴 수 있을 때까지, 아니면 그에 버금가는 성과를 만들 때까지만 세상에 들키지 않으면 돼. 그만한 무력을 손에 쥐게 되면 그땐 반대로 무림인들이 제갈세가의 눈치를 보게 될 테니까."

"그래서 오히려 더 위험한 거 아냐? 환혼혈강시가 그만큼 대단한 거라면, 들키기라도 하는 날에는 더 극심한 반대에 부딪칠 거 아냐? 경쟁 문파가 자신들보다 더 큰 힘을 가지게 되는 걸 어느 누구도 바라지 않을 테니까."

더구나 그게 강시와 관련된 것이라면 반대와 비난, 억제와 탄압의 명분으로도 충분하다.

"그러니까 이번 표행의 절대적인 과제가 비밀 엄수인 거지. 다행히 혈교가 강시를 만들고 있었다는 건 세상에 알려지지 않았어. 그런 기록도 없고 그런 이야기도 전해진 게 없어. 제갈세가도 혈마동을 발견하고 나서야 강시의 존재를 알았으니까. 아무도 몰라, 이게 강시일 거라고는. 그저 혈마동에서 나온 진귀한 보물 정도로만 생각할 뿐이지. 그래서 구대문파도, 육대가문도 대놓고 제재는 못 하고 있는 거야. 혈마동의 보물이 뭔지 궁금하기도 하고 제갈세가의 행보를 수상하게 여기기도 하는데, 그게 뭔지 짐작도 못 하는 상황에서 강제로 표물을 확인할 마땅한 명분이 없으니까. 그렇다고 표물이 자신들의 권역 안으로 들어오는 것도 아니고. 자신들의 권역 안에라도 들어오면 이런저런 핑계라도 대서 표물을 확인하려 들었을 텐데, 그걸 피하기 위해 제갈제가가 이런 험로도 마다하지 않고 있는 거니까."

"그 때문에 애꿎은 사람들만 죽어 나갔지. 나도 죽을 뻔했고. 뭐, 좋아. 제갈세가는 이 일에 가문의 명운을 걸었으니까 그렇다고 쳐. 근데 이 위험한 일에 의선가는 왜 끼어든 거야? 들어 보니까 괜히 잘못 엮였다가는 의선가도 위험할 수 있는 일인 것 같은데……."

"강시니까."

"……?"

"의술을 공부하는 사람에게 강시는 더없이 좋은 공부 재료야. 어쨌든 간에 강시는…… 불로불사의 비밀에 가장 근접해 있는 존재니까."

그래서 그 치명적인 유혹을 뿌리칠 수 없었던 것이다.

의선가도. 설란도.

"더구나 환혼혈강시는 강시 중에서 유일하게 생기가 보존된 강시야. 가장 살아 있는 사람에 가깝다는 거지. 대체로 강시가 제련되는 과정이란 건 그 첫 번째가 끊임없이 독을 스며들게 해서 앙천독인을 만드는 거야. 그런 과정에서 생기(生氣)는 완전히 소멸되고 극강의 신체로 탈바꿈하게 되는 것인데, 이 환혼혈강시는 앙천독인의 과정을 거치는 중에도 생기가 고스란히 남아 있는 거야. 신체는 강시처럼 강한데 생기는 살아 있는 그대로인…… 그야말로 불사옥령체(不死玉靈體)에 가장 근접한 강시인 거지."

"불사옥령체는 또 뭔데?"

"궁극의 강시."

"궁극의 강시? 뭐가 그렇게 거창해?"

"거창할 수밖에 없지. 생각해 봐. 강시에 생기가 있고 자아가 있다면 그게 뭐겠어?"

"뭔데?"

"불로불사의 존재."

생기가 있고 스스로 생각할 수 있는 자아가 있다면 그건 더 이상 강시라고 할 수 없다.

죽은 자가 아니라 오히려 산 자에 더 가깝다.

산 자가 도검으로도 벨 수 없는 금강불괴의 몸에 늙지도 죽지도 않는다면?

설란의 말대로 그건 그야말로 불로불사의 존재인 것이다.

"아무튼 그래서 우리 의선가에서도 제갈세가의 제안을 뿌리칠 수가 없었던 거야. 다른 것도 아니고 불사옥령체에 가장 근접해 있는 환혼혈강시니까. 그리고…… 의선가야 뭐, 무림에 한 발 걸치고 있긴 하지만 그렇다고 무림의 문파는 아니니까."

"그러니까 무림의 금기나 계율이랑은 상관없다?"

"비교적 자유롭지. 의가는 의가만의 법도가 있는 법이니까. 비난이야 좀 받겠지만……."

그 후로도 설란과의 대화는 더 이어졌다.

덕분에 이런저런 궁금증들도 거의 다 풀렸다.

"그러니까 목의 기운이 깨어난 게 앙천독인의 독성 때문이라는 거지?"

"그래. 아까도 말했지만 강시의 제련과정 중에서 그 첫 번째가 머리부터 발끝까지 극독으로 물들여 앙천독인을 만드는 거거든. 그러니까 어떤 강시든 간에 강시는 기본적으로 치명적인 독성을 품고 있을 수밖에 없어. 그 독성이 목의 기운을 깨운 거야. 그리고 화의 기운은……."

잠시 말을 끊은 설란이 슬쩍 앞에 실려 가고 있는 석궤를 눈으로 가리키며 물었다.

"저 강시를 처음 만졌을 때 한기가 스며들었다고 했지?"

"그냥 한기 정도가 아니라 진짜 뼛속까지 어는 것 같았다니까?"

"저 강시의 손이 투명할 정도로 하얗고?"

"응."

"아마도 저 강시는 강시가 되기 전에 소수혈마공을 익혔던 것 같아."

"소수혈마공?"

"동자공처럼 초경을 치르지 않은 동정녀만이 익히는 극음의 마공이야. 이미 절전되었다고 알려지긴 했는데 뭐, 저 강시 자체가 최소 이백 년은 묵은 거니까. 아무튼 그 소수혈마공의 음기가 화의 기운을 깨운 게 틀림없을 거야."

설란의 말을 듣고 있던 루하가 문득 궁금해져서 물었다.

"근데 말이야, 강시란 게…… 원래 다 그렇게 예쁜 거야?"

"응?"

"아니, 뭐…… 이쁘더라고. 저 강시."

"강시라서 예쁜 게 아니라 원래부터 예쁜 여자가 강시가 된 거지. 근데…… 그렇게 예뻤어?"

그 순간 설란의 눈빛이 고양이 눈처럼 반짝였다.

어딘지 날카롭고 따갑다.

이젠 제법 설란의 심리를 읽을 수 있게 된 루하가 짐짓 시큰둥하게 말했다.

"아니 뭐, 그냥 저냥 이쁘긴 했는데 제깟 게 예뻐 봐야 강시지. 내 눈엔 세상에서 니가 제일 이뻐!"

"흥! 됐거든?"

"진짜야. 내 눈엔 니가 제일 예뻐. 너밖에 안 보여. 너만 보여. 월궁의 항아를 내 앞에 가져다 놔 봐. 내가 눈길 한 번 주나."

"아, 됐다니까! 그만 좀 해. 창피하게 정말……."

창피하다고는 하지만 내심 싫지는 않은 기색이다.

아니, 아예 눈가에 꽃이 폈다.

그게 다행이긴 한데 솔직히 살짝 양심에 찔린다.

루하의 시선이 석궤를 향했다.

'월궁의 항아가 와도 눈길 한 번 안 줄 자신은 있는데, 모르긴 몰라도 '저건' 월궁의 항아보다도 더 예쁠 것 같단 말이지.'

그런데, 루하가 그런 생각을 하며 눈앞의 석궤를 보고 있을 때였다.

돌연, 행렬이 멈췄다.

"무슨 일이지? 관제묘에 다 온 거야?"

"아냐. 아직 좀 더 남았어."

설란과 루하가 의아해하며 행렬의 앞을 살피는데 그런 그들의 시야에 길가에 쓰러져 있는 사람과 심각한 표정으로 그 사람을 살피고 있는 은형대 대주 이도명의 모습이 보였다.

루하와 설란이 급히 다가가 보았다.

쓰러진 사내는 피투성이였다.

이미 산 사람의 모습이 아니었다.

“뭐죠? 무슨 일이에요?”

“성진표국의 쟁자수입니다.”

“예? 그럼 이 사람이 우리 일행이란 말이에요? 우리 일행이 왜 여기서……?”

“도주 중에 당한 것 같습니다.”

“도주……라구요?”

“자세한 것은 모릅니다. 하지만 본대에 무슨 사고가 생긴 것만은 분명합니다.”

그렇게 결론을 내린 이도명이 길을 재촉했다.

이도명의 말대로였다.

걸음을 재촉해 도착한 관제묘는 그야말로 엉망이었다.

코를 찌르는 악취와 바닥을 흥건히 적시고 있는 핏자국, 여기저기 어지럽게 널려 있는 시체들이 여기에서 얼마나 치열한 사투가 벌어졌는지 고스란히 보여 주고 있었다.

“이게 다 무슨……?”

“홍조산을 넘어 오느라 지쳐 있는 틈에 기습을 당한 것 같습니다.”

"기습이라구요? 대체 누가……?"

"녹림입니다."

"녹림이라구요? 그럼 설마 녹림십팔채라도 움직였다는 말씀이세요?"

제갈세가가 이끄는 이 대규모 표행단을 노릴 만한 녹림이라면 녹림십팔채 말고는 생각할 수 없었다.

하지만 고개를 젓는 이도명이다.

"녹림십팔채는 아닙니다. 만일 녹림십팔채가 기습을 한 것이라면 여기에 널려 있는 시체들 중 태반은 우리 표행단의 것이었을 겁니다."

도적들이 제 세상처럼 날뛰는데도 정파무림이 딱히 이렇다 할 대책조차 세우지 못할 만큼 최고의 전성기를 구가하고 있는 녹림이었다.

역사상 그 유례가 없을 정도로 녹림의 힘이 강성한 시대였다.

그런 시대에서 녹림의 정점에 있는 녹림십팔채는 이미 단순한 도적패가 아니었다.

육대가문의 하나인 제갈세가마저 그 힘을 인정할 수밖에 없을 만큼, 그 한 채 한 채가 어느 무문에 견주어도 부족하지 않을 만큼 그 자체로 이미 막강한 힘을 가진 최고의 무력 집단이었다.

표행단을 덮친 것이 녹림십팔채라면, 녹림십팔채가 작정을 하고 습격한 것이라면 이도명의 말대로 여기에 널브러져 있는 주검들의 대부분은 표행단의 것이었을 것이다.

"게다가 녹림십팔채에는 이미 본가에서 손을 써 두기도 했구요."

"손을 써 두다뇨?"

"무턱대고 시작한 표행이 아닙니다. 위험요소를 최대한 제거해 두고 시작한 표행입니다. 녹림십팔채에 불가침의 약속을 받아 두는 건 당연한 일이죠."

말이 좋아 불가침의 약속이지, 그건 곧 통행세를 냈다는 뜻이었다.

제갈세가의 입장에서는 굴욕적인 일이었다. 하지만 달리 생각하면 현명한 선택이었고 유연한 대처였다.

육대가문이나 구대문파 등 정통의 무문들은 아직 녹림도를 경시하는 경향이 더러 있었지만, 제갈세가는 시대의 흐름을 냉정히 읽고 그 변화에 능동적으로 대처하고 있는 것이다.

그것이 또한 제갈세가가 다른 무문과는 다른 점일 것이다.

"그러니 녹림십팔채가 이 일에 관여했을 리는 없습니다."

녹림에는 녹림의 도가 있다.

그 가장 기본이 되는 것이 '통행세를 낸 표물은 건들지 않는다' 였다.

다른 곳도 아니고, 녹림의 상징과도 같은 녹림십팔채에서 그 암묵적인 묵계를 깼을 리가 없다.

그렇게 생각하니 더 이상했다.

"녹림십팔채가 아니라면 누가 감히 제갈세가의 표물을 노렸다는 거죠? 더구나 중원 최고의 표사들 수백 명이 지키고 있는데……?"

의아해하는 루하에게 이도명이 시체 하나를 가리켜 보였다.

"이목산 홍악채의 채주 임덕량이란 자입니다. 그리고 저자는 금화산 화룡채의 부채주 곽언, 저자는 음죽산 노호채의 연적심입니다. 역시 모두가 녹림십팔채에는 속하지 않은 산채들입니다."

이도명이 뛰어난 견식을 자랑하며 도적들의 이름을 나열했다.

하지만 그런 그도 각기 지역도 산채도 다른 도적들이 어찌하여 이곳에서 제갈세가의 표물을 노린 건지는 답을 내놓지 못하고 있었다.

오히려 해답을 찾은 것은 견식이라곤 쥐뿔만큼도 없는

루하였다.

"이목산, 금화산, 음죽산이라면…… 전부 우리가 넘어왔던 산이잖아요?"

"그렇긴 합니다만……."

"혹시 불가침의 약속이란 거, 저들에게도 받아 뒀어요?"

"녹림십팔채에도 속하지 못한 저런 어중이떠중이들에게까지 그런 약속을 받아 둘 필요가 없지 않습니까? 설마…… 소협은 저들이 그것 때문에 이런 일을 벌였을 거라 생각하시는 겁니까?"

"어쩌면요. 녹림도들이 가장 굴욕스럽게 생각하는 게 표물이 자신들의 허락 없이 산을 넘는 거죠. 그렇게 되면 세상의 눈이 그들을 우습게 볼 테고, 녹림이든 표국이든 일단 세상에 얕잡아 보이면 밥 벌어먹고 살 수 없는 것이 이 바닥 생리니까."

"아무리 그래도 제갈세가의 표행인데……."

"그렇죠. 제갈세가의 표행은 예외일 거라 다들 그렇게 생각했죠. 워낙에 힘의 차이가 여실한데 설마하니 그런 허튼 생각을 가질까, 저도 그렇게 생각했구요. 그런데 뭐, 지금 상황을 보니까 이 간 큰 도적들에겐 제갈세가도, 이 대규모 표행단도 그렇게 예외가 적용될 만큼의 존재는 아니었는지도 모르겠는데요?"

"……."

"자신들은 싹 무시한 채 한껏 요란뻑적지근하게 자신들의 안방을 넘는 표행단이 눈꼴시기도 했을 테고 자존심도 상했을 테고 전리품에 대한 탐욕도 있었을 테고…… 결국 참다못해 '혼자서는 엄두도 못 낼 일이지만 여럿이 힘을 합치면 까짓 못 할 게 뭐 있냐?' 뭐, 그런 생각을 하는 놈들이 생겼다고 하면요? 우리가 여기까지 오는 동안 그런 생각을 가진 도적들이 눈덩이처럼 불어났다고 하면요?"

군중심리라는 게 그렇다.

처음 하나 둘 모이기는 힘들어도 서넛이 모인 다음에는 열이 되고 스물이 되는 건 순식간이다.

루하의 말에 이도명의 표정이 점점 굳어졌다.

"하지만 아무리 그래도 제갈세가의 이름으로 하는 표행입니다."

"물론 그렇죠. 어중이떠중이 도적들이 함부로 덤비기에는 제갈세가의 이름은 너무 크죠. 하지만 반대로 생각하면, 그 큰 이름을 넘어뜨린다면 어중이떠중이 도적들은 더 이상 어중이떠중이 도적들이 아니게 되는 거기도 하죠."

천하에 이름을 떨칠 수 있는 기회.

위험이 큰 만큼 얻는 것도 크다.

"무엇보다, 후일에 대한 걱정보다 당장 눈앞의 재물을

우선 탐하고 보는 게 그들의 본성이에요. 더구나 이쪽은 지독한 우기에 지칠 대로 지쳐 있던 상태. 약점을 보인 상대라면 되든 안 되든 일단 물어뜯고 보는 것 또한 그들의 습성이죠. 만일 정말 그런 거라면 절대로 쉽게 물러나지 않을 거예요. 막대한 피해를 감수하고 감행한 일이고 또 분명 그만큼의 타격을 입게 될 텐데 이대로 아무 소득 없이 돌아간다면 그들이 지금껏 힘들게 쌓아 온 기반마저 잃게 될 것은 자명한 일이니까요. 그만큼 필사적으로 덤벼들 거예요."

무림의 일에는 어두워도 이중에서 도적들의 일에는 가장 빠삭한 것이 루하였다. 직업상 지난 삼 년 동안 허구한 날 귀에 딱지가 앉도록 들었던 게 도적들에 관한 이야기였으니까.

그런 그의 입에서 나오는 도적들에 관한 말은 그 무게감이 달랐다.

이도명의 얼굴이 한층 더 심각하게 굳었다.

그런 이도명을 보며 설란이 물었다.

"우리가 넘어온 산 중에 녹림십팔채에 속하지 않은 산이 몇 개죠?"

"열두 개입니다."

"보통 한 산의 패주라 자처하는 산채의 인원수가 적게는 오십에서 많게는 이백이 넘는 곳도 있으니까 그것만으로도 이미 일천은 넘는다고 봐야겠네요. 거기다 한 산의 패주가 움직이는 것인 만큼 이윤을 위해 동조하거나 강압에 의해 협조하는 주변 산채도 더 있다고 봐야 하고. 아무리 어중이 떠중이라고 해도 지금과 같은 시기에 한 산의 패주를 자처하는 자들이라면 그 실력도 결코 얕잡아볼 수준들은 아닐 테구요."

"그럼 뭐, 표행단이 이렇게 급하게 쫓기듯 이동을 한 이유는 충분히 설명이 되네요."

설란과 루하의 말에 이도명이 다급히 말했다.

"서둘러야겠습니다. 서둘러 본대에 합류해야 합니다."

이도명의 말에 루하가 눈살을 찌푸렸다.

"홍조산을 넘어오느라 지친 틈을 타서 기습을 당한 거라면서요? 그럼 이미 사흘은 지났다는 건데…… 우리한테 연통도 못 할 정도면 급하게 쫓기고 있다는 거고. 그 정도면 서두른다고 당장 따라잡을 수 있는 거리는 아니잖아요? 괜히 서두르다 본대를 만나기도 전에 도적들부터 만나게 되면 그땐 더 큰일이구요. 아니, 그게 아니더라도 팔공산은요? 팔공산에 당도할 때까지도 본대와 합류가 안 되면 그땐 어쩌려구요? 설마 고작 이 인원으로 팔공산을 넘을 작정인 건 아니겠죠?"

다행히 그 정도로 분별없고 무모한 인사는 아닌 모양이

었다.

"이 인원으로 팔공산을 넘을 일은 없을 것입니다."

"어떻게 장담하죠?"

"현재로서는 우리에게 가장 안전한 곳이 팔공산입니다. 잡다한 녹림도들이야 팔공산엔 감히 발도 못 들일 테니까요. 본대도 분명 거기에서 우리를 기다리고 있을 것입니다."

도대체 무슨 말을 하는 건지 모르겠다.

이번 표행에서 가장 큰 난관이자 가장 위험한 곳이 팔공산인데 그곳이 가장 안전할 거라니? 본대가 그곳에서 기다리고 있을 거라니?

"팔공산이 수많은 도적들이 난립해 있는 곳이라고 해도 그곳을 다스리고 있는 패주가 아예 없는 것은 아닙니다. 개벽부(開闢斧)의 동왕채(東王寨), 환락불(歡樂佛)의 광명채(光明寨), 잔혹도마(殘酷刀魔)의 군림채(君臨寨)와 금강야차(金剛夜叉)의 귀왕채(鬼王寨) 이 네 곳이 팔공산을 사등분해서 다스리고 있는 실질적인 팔공산의 패주들입니다."

그거야 알고 있다.

그들을 일컬어 달리 팔공산의 사왕(四王)이라고 부르는 것이 아니니까.

딱히 종속의 관계는 아니라고 해도 팔공산에서 도적질을

하는 산채들 중 사왕의 눈치를 보지 않는 산채는 없었다.

"설마 그들에게도 손을 써 둔 겁니까?"

"예. 녹림십팔채와 마찬가지로 그들 사왕에게도 이미 불가침의 약속을 받아 두었습니다. 그러니 팔공산은 안전합니다!"

이도명의 말은 확신에 차 있었다.

아니, 그건 확신이 아니었다.

차라리 절박함이라 하는 게 맞았다.

그도 그럴 것이 그래 봤자 도적들이다.

도적의 도를 믿을 만큼 순진하지 않았다.

더구나 녹림십팔채야 최소한 그들만의 계율이라도 있지만 팔공산의 도적들은 애초에 그런 계율이 싫어서 팔공산에 틀어박힌 자들이 아니던가?

과연 그 무도한 자들에게 약속이란 게 의미가 있기나 할까?

표행단이 온전한 상태라면 모를까, 갈기갈기 찢겨서 너덜너덜해진 상태인데도 과연 그들이 약속을 지켜 줄까?

상황이 절박해지니 불안과 의심은 더 커진다.

하지만, 그럼에도 믿어야 했다.

믿을 수밖에 없었다.

지금으로서는 표행단이 기댈 수 있는 곳이 그 무도한 자들뿐인 것이다.

"일단 우리는 본대와는 반대 길로 가겠습니다."

"반대 길이라면…… 거긴 그냥 늪지잖아요?"

"어차피 이대로 본대를 따라가서는 소협의 말씀대로 본대를 만나기도 전에 도적들부터 만날 가능성이 큽니다."

"아무리 그래도 그렇지, 이 인원으로 이 무거운 표물을 끌고 그 지독한 늪지를 건넌다는 게 말이 돼요? 그것도 이 우기에? 지금도 완전 엉망일 텐데 다시 비라도 오면 그땐 또 어쩌게요?"

"하지만 지금으로서는 그 길 말고는 달리 방도가 없습니다."

생각만으로도 진저리가 난다는 표정의 루하와 그런 루하를 곤란한 눈으로 보고 있는 이도명.

그때 설란이 끼어들었다.

"차라리 관도로 가죠."

생뚱맞다 싶을 정도로 난데없는 제안에 루하와 이도명이 동시에 어리둥절해하며 물었다.

"관도라니?"

"그게 무슨……?"

그런 그들을 보며 설란이 조곤조곤 말했다.

"대주님의 말씀대로 본대를 따라 가는 건 도적들 때문에 안 되고 그렇다고 늪지를 택하기엔 길이 너무 험해요. 루하의 말대로 이 인원으로는 너무 고된 길이죠. 안전도 보장이 안 될뿐더러 시간도 얼마나 지체될지 모르는 일이구요. 그럼 관도밖에 없잖아요."

"하지만 그건……."

"남궁세가의 눈이 걱정스러우신 거겠죠?"

"그렇습니다."

"그러니 위장을 해야죠. 어차피 수레도 세 대뿐이라 상인으로 잘만 위장하면 크게 눈에 띄지도 않을 테고, 남궁세가의 이목도 지금은 온통 본대를 향해 있을 테니 감시도 소홀할 테고…… 무엇보다 숙주와 몽성에는 저희 의선가의 지부들이 있어요. 그곳의 도움을 받으면 남궁세가의 눈을 피하는 건 크게 어렵지 않을 거예요. 그렇게 곧장 관도를 타고 봉태로 진입해서 팔공산으로 건너가면 시간도 상당히 단축될 테고요."

설란의 설명에 잠시 어리둥절해 있던 루하가 격하게 동조하고 나섰다.

"그거 좋네! 그렇게 하죠! 그냥 관도로 가요!"

늪지만 피할 수 있다면야 어딘들 어떠랴.

이젠 정말이지 질퍽질퍽한 땅은 신물이 난다.

'가뜩이나 이 앞에 팔공산이 있다 생각하면 도살장에 끌

려가는 소가 된 기분인데 가는 길마저 거지같이 가서야 되겠냐고!'

무엇보다 표물이 강시란 걸 남궁세가에 들킨다고 해도 곤란해지는 건 제갈세가지 자신은 아닌 것이다.

"가요! 관도로! 얘가 틀린 말을 하는 건 한 번도 본 적이 없다니까요? 암요! 대의선가의 장녀께서 그렇다면 그런 것인 거죠!"

第十章

저것들은 뭐야?

서걱—

"커헉!"

일기도살 염소추가 단말마를 토하며 자신의 목을 움켜쥐었다.

움켜쥔 목에선 쿨럭쿨럭 피가 솟아나고 있었다.

그런 염소추를 보며 차갑게 입꼬리를 말아올린 제갈휘가 자신의 금선을 털었다. 그러자 부채 끝에 묻은 염소추의 피가 바닥에 뿌려졌고 그 순간 염소추의 신형도 스르르 무너져 내렸다.

이윽고 제갈휘의 눈이 주위를 훑었다.

적아가 구분이 되지 않을 정도로 치열한 사투가 벌어지고 있었다.

녹림도들은 그야말로 개떼였다.

개떼처럼 몰려들어 개떼처럼 물어뜯었다.

이번으로 다섯 번째 전투.

많이 죽였다.

제갈세가의 무사들도 무사들이지만 대륙 각지에서 뽑힌 최정예 표사들은 그 이름에 걸맞은 실력으로 도적들을 압도했다. 심지어 삼절표랑 덕에 겨우 이 표행단에 낀 만수표국의 표사들조차 제법 자기 몫을 하고 있었다.

특히 천룡표국의 총표두 염왕도 양문경을 비롯한 그 수하무사들의 신위란 것은 여느 명문 무문의 고수들에 못지않을 정도로, 왜 저런 자들이 한낱 표사 일이나 하고 있는지 이해가 되지 않을 정도로 하나하나가 뛰어난 무인들이었다.

솔직히 무림인도 상인도 아닌 그들을 조금은 경시하고 있었던 게 사실이다.

하지만 녹림천하라고 불릴 만큼 녹림도가 비정상적으로 강성한 이 시기에, 그 녹림도를 상대로 치열하게 생업을 이어 온 자들의 강함이라는 건 자신이 섣부른 편견으로 재단할 수 있는 것이 아님을 지난 며칠 동안 충분히 눈으로 보았고 피부로 느꼈다.

그럼에도 표행단 역시 많이 죽었다.

그간 치러진 다섯 번의 전투에서 제갈세가의 무사 서른 둘과 표사 팔십여 명이 도적들의 칼에 목숨을 잃었다.

전체 표행단의 삼 할에 가까운 전력이 손실된 것이다.

문제는 피로였다.

홍조산을 넘느라 기진맥진해 있던 틈을 타 시작된 기습 이후로 도무지 쉴 틈을 주지 않았다.

몇 번을 물리쳤지만, 한숨 돌릴 만하면 다시 달려들고 또 한숨 돌릴 만하면 달려들기를 반복한다.

더구나 그 인원은 또 얼마나 많은지 죽여도 죽여도 끝이 없다.

도대체 어디서 이 많은 도적들이 나타났단 말인가?

표사들의 짐작으로는 표행단이 지나온 각 산의 산채들이 연합을 한 것 같다고 하는데, 제갈세가의 이름이 오히려 불을 쫓는 부나방처럼 그들을 불러들인 거라 하는데 도무지 이해가 안 된다.

도적이라 하면 본시 강자 앞에 약하고 약자 앞에 강한 부류가 아니던가?

제갈세가의 이름 앞에 바짝 엎드려 숨을 죽여도 모자랄 판에 이런 집요함이라니? 이런 끈질김이라니?

'산 하나에도 온갖 도적들이 득시글거리는 것이 현실입니다. 수틀리면 언제든 서로의 등을 향해 칼을 꽂을 수 있는 자들인데, 그런 살벌한 경쟁 속에서 한 산의 패주가 된다는 건 그만한 그릇이 되지 않고는 불가능한 일입니다. 포악한 성정에 무공 몇 자락으로 산을 호령해 대던 예전의 녹림도와는 시대가 다른 겁니다. 물론 아무리 그렇다고 해도 제갈세가의 이름은 그들에게도 결코 가볍게 생각할 수 있는 것이 아닙니다. 이쪽에서 약점을 보이지 않았다면 감히 엄두도 내지 못했겠죠. 결국 예년보다 일찍 찾아온 우기가 빌미를 제공한 겁니다.'

혼란스러워 하는 그를 향해 전날 양문경이 한 말이었다.

우기가 빌미를 제공해 준 거라 에둘러 표현했지만 결국 그 지독한 우기에 표국들의 반대에도 불구하고 무리하게 홍조산을 넘게 한 제갈휘의 잘못된 판단이 이 모든 사태의 원인이라는 뜻이었다.

반박도 부정도 할 수 없었다.

실제로 홍조산을 넘은 직후에 마치 기다리고나 있었다는 듯 도적들의 공격이 시작되었으니까.

홍조산을 넘느라 지칠 대로 지친 상태가 아니었다면, 표사들의 체력이 온전한 상태였다면 도적들의 공격쯤이야 거뜬히 물리쳤을 테니까.

몇 배나 차이가 나는 인원수, 그리고 바닥난 체력.

이 두 가지가 결국 이 지루한 소모전을 만들어 내고 있는 것이었다.

이 지루한 소모전을 끝낼 방법은 하나뿐이었다.

'팔공산으로 들어가야 한다.'

팔공산 안으로만 들어가면 이 질기디질긴 도적들을 떨쳐 낼 수가 있다.

팔공산은 통행세를 내지 않은 표행단과 출입을 허락받지 못한 도적들에겐 절대적인 금역이니까.

반대로 거금의 통행세를 낸 표행단에겐 가장 안전한 땅일 테니까.

그렇게 믿었다.

아니, 그렇게 믿고 싶었다.

불쑥불쑥 고개를 추겨드는 의심과 불안을 애써 외면했다.

지금 그들에게 있어 팔공산은 유일한 희망이니까.

그 유일한 희망이 희망이 아니게 된다면 그들에겐 절망밖에 남지 않게 되니까.

물론 지금 가장 시급한 것은 일단 들러붙는 도적들을 다시금 떼어내는 일이다.

주위를 훑어가던 제갈휘의 눈이 어느 한 곳에 멈췄다.

칠 척 거한에 붉은 머리카락, 그리고 자신의 체구만큼이나 큰 반월도를 한 손으로 마치 젓가락처럼 휘두르며 종횡무진 표사들을 몰아치고 있는 외팔이 사내였다.

'적발귀(赤髮鬼) 양광(梁曠).'

산동 요산의 주인으로, 실력으로만 놓고 따지면 능히 녹림십팔채의 고수들과 자웅을 겨룰 수 있다고 알려진 녹림의 거두였다.

'양광의 목이면 적어도 얼마간은 도적들의 걸음을 뒤로 물러나게 할 수 있을 것이다.'

그렇게 판단한 제갈휘가 적발귀 양광을 향해 지체하지 않고 몸을 날렸다.

*　　*　　*

"호오? 양광이 죽었다?"

"제갈가 소가주의 금선에 심장이 뚫렸다고 합니다."

그의 앞에 납작 엎드린 수하의 보고에 잔혹도마 구귀광(丘歸光)의 입꼬리가 비릿하게 말려 올라갔다.

"제갈가의 소가주라면 일전에 찾아왔던 그 애송이로군. 곱게 자란 도련님인 줄 알았더니 제법이야."

구귀광의 말을 군림채의 부두령 악송이 받았다.

"그러게 말입니다. 적발귀 양광이라면 두령의 삼 초를 받아 낸 자가 아닙니까? 그때 팔 하나를 잃었다고 해도 결코 만만한 자는 아닌데……."

실력 꽤나 있다 알려진 도적치고 팔공산의 문을 두드려 보지 않은 자가 어디 있을까?

적발귀 양광 또한 마찬가지였다.

그리고 그가 첫 발을 디딘 곳이 사왕의 지역을 나누는 네 개의 봉우리 중 잔혹도마의 영역인 이곳 남천봉이었다.

확실히 실력은 있었다.

그가 이끄는 적호채(赤虎寨) 또한 팔공산에서 한 자리를 차지할 수 있을 만큼 강했다.

물론 거기에서 만족했다면 지금도 그는 팔공산의 도적이었을 것이다. 하지만 그는 거기에서 만족하지 않고 남천봉의 가장 높은 곳을 욕심냈다.

잔혹도마 구귀광에게 도전장을 낸 것이다.

잔혹도마라는 별호가 괜히 붙은 것이 아니다.

그와 손속을 겨룬 자들 중 살아남은 자가 단 한 명도 없었을 만큼 용서도 인정도 없는 사내였다.

그럼에도 양광이 아직 살아 있었던 것은 순전히 금강야차와 홍염마수 때문이었다.

당시 팔공산의 신진으로 한창 주목을 받고 있던 홍염마

수가 금강야차에게 단 삼 초식 만에 패하자 팔공산은 물론이고 무림인들조차 팔공산의 사왕 중에 금강야차가 최고일 거라고 떠들어 댔다.

당연히 자존심이 상한 구귀광이다.

양광이 도전장을 내민 것이 바로 그 무렵이었다.

당시 양광은 홍염마수 이우경만큼이나 주목받던 신인이었다.

현려봉에 홍염마수가 있다면 남천봉에는 적발귀가 있다 할 정도로 누가 더 낫다 할 수 없을 만큼 이름의 무게가 엇비슷했다.

그리해 내기를 건 것이다.

'내 이 초를 견뎌 낸다면 네놈을 살려 주도록 하지.'

금강야차보다 강하다는 걸 증명하기 위해 양광을 제물로 택한 것이었다.

하지만 뜻대로 되지 않았다.

이 초는커녕 삼 초식으로 안 되어서 네 번째 초식에서야 겨우 양광의 팔 하나를 잘라낼 수 있었던 것이다.

금강야차를 겨냥한 무력시위가 오히려 금강야차의 강함만 증명한 꼴.

그러니 그때의 일이 구귀광에겐 그리 유쾌한 기억은 아니었다. 그래서 입가에는 비릿하게나마 미소가 걸려 있었지만 눈은 전혀 웃고 있지 않았다.

그것이 산채의 분위기를 서늘한 한기로 적셨지만 삼십 년을 그와 동고동락해 온 부두령 악송만큼은 그런 분위기에 전혀 주눅 들지 않고 물었다.

"그래서 이제 어쩌시겠습니까?"

"어쩌다니?"

"다행히 중간에서 시답잖은 것들한테 표물을 빼앗기진 않을 것 같고, 그럼 내일이면 팔공산에 도착한다는 건데…… 행로를 보아하니 가장 먼저 이곳 남천봉을 지날 거 같은데…… 그냥 이대로 보낼 겁니까?"

"당연히 이대로 보내야지. 통행세를 받았으니까."

생각할 것도 없다는 듯 단호한 말에 악송이 미심쩍어하는 눈으로 구귀광을 본다.

"정말로 이대로 보낼 겁니까? 이미 너덜너덜해진 표행단인데요? 살짝 손가락만 튕겨도 표물은 우리 것이 될 텐데요? 우리가 그냥 보낸다고 해도 저 뒤의 미친 색불이 그냥 두지 않을 텐데요?"

만일 표행단이 온전했다면 이런 생각은 하지 못했을 것이다.

선불리 건드렸다가는 이쪽의 피해도 상당할 수 있고 그랬다가는 자칫 사왕 중 다른 산채에 어부지리만 주는 꼴이 될 수도 있으니까.

아니, 어부지리 정도로만 그치면 다행이다.

그로 인해 자칫 힘의 균형이 무너지기라도 한다면 사왕은 단숨에 삼왕이 될 수도 있었다. 표물이 뭔지는 모르지만 통행세까지 받은 마당에 그런 위험을 자초할 필요야 없다.

그건 아마도 다른 산채의 생각도 크게 다르지 않았을 것이다.

최고의 표사들로 꾸려진 제갈세가의 표행단은 팔공산의 패주들에게도 그만큼 껄끄러운 상대였다.

하지만 벌써 전력의 절반이 무너진 표행단이었다.

거기다 지칠 대로 지쳐 있는 상태. 그의 말대로 살짝 손가락만 튕겨도 간단히 표물을 뺏을 수 있는데 어찌 이런 기회를 놓칠까?

그러나 구귀광은 요지부동이었다.

"우리 군림채는 표행을 건들지 않겠다고 약속했으니까. 명색이 팔공산의 사왕인 내가 한 입으로 두말할 수야 없는 일이지."

되도 않게 군자 흉내다.

여전히 미심쩍어 하는 빛을 지우지 않은 채로 구귀광을 보는 악송이다.

그도 그럴 것이 삼십 년이 넘도록 옆에서 보아 온 이 구귀광이란 사내는 결코 이렇게 군자 흉내나 내면서 바르게 도적질을 해 온 자가 아니었던 것이다.

분명이 다른 꿍꿍이가 있다.

아니나 다를까,

"뭐 그렇다곤 해도……."

비릿하게 말려 올라간 입꼬리가 조금 더 선명하게 파였다.

"이곳에는 우리 군림채 말고도 다른 산채들도 얼마든지 있으니까. 다른 산채들까지 단속을 하겠다고 약속하진 않았으니까 말이야."

역시 짐작대로 이미 다른 마음을 품고 있는 것이다.

"그 어디지…… 장청이 있는 산채가……."

"천랑채(天狼寨)입니다."

"아, 그래. 천랑채. 제일 말 안 듣고 말썽인 놈들. 그런 놈들이 제멋대로 구는 것까지 내가 단속할 수는 없잖은가?"

*　　*　　*

"그러니까 우리더러 제갈세가의 표행단을 공격하라 이겁니까?"

천랑채 채주 장청의 얼굴이 사납게 일그러졌다.

그런 장청을 보며 악송이 한 마디 덧붙였다.

"거의 만신창이가 되어서 올 테고, 악인채와 와웅채도 합류할 테니 그리 어렵지는 않을 것이네."

그러나 악송의 말에도 장청의 표정은 좀처럼 펴지지 않았다.

그도 그럴 것이 어렵고 쉽고의 문제가 아니었다.

"제가 알기로는 이미 통행세를 받은 걸로 알고 있습니다만?"

"그래서? 뭐, 녹림의 도라도 들먹이려는가?"

"그딴 것보다…… 돈까지 받아먹고 이러는 건 너무 치사하잖습니까? 명색이 팔공산의 사왕이 한 입으로 두말하는 것도 없어 보이고."

"뭐? 치사? 없어 보여? 네놈이 감히 채주님을 능멸하는 것이냐?"

"아니, 능멸을 하는 게 아니라……."

"잔말 말고 시키면 시키는 대로 해. 지금까진 채주님께서 네놈의 실력을 아까워해서 참고 넘어가셨지만 만일 이번에도 또다시 네놈 멋대로 굴면 그땐 네놈은 물론이고 네놈의 수하들까지도 그 책임을 단단히 묻게 될 것이야!"

그렇게 으름장을 놓고는 천랑채를 떠나는 악송이다.

떠나는 악송을 보며 장청이 눈을 부라렸다.

"아 놔, 진짜 저 새끼 보기 싫어서라도 이 바닥 뜨든지 해야지…… 한주먹 거리도 안 되는 새끼가 어따 대고 자꾸 놈놈 거리는 거야?"

장청의 말을 부채주 모웅이 받았다.

"그러지 말고 그냥 군림채로 쳐들어가서 확 엎어 버리는 건 어때요? 까짓 사왕 한 자리 우리가 차지해 버리지, 뭐."

"안 돼. 잔혹도마 그 늙은이한테는 못 이겨."

"길고 짧은 건 재 봐야 아는 거 아닙니까."

"길고 짧은 거 재는 것도 엇비슷해야 재는 거지, 차원이 다르다고, 차원이. 지금은 기껏해야 이십 초밖에 못 버텨."

"어? 전에는 십 초였잖아요? 그새 또 단혼팔문도(斷魂八門刀)의 성취가 는 겁니까?"

"당연하지! 내가 언제까지 그 늙은이 밑에서 같잖지도 않은 짓거리나 보고 있을 수는 없잖아? 모름지기 사내라면 도적질을 해도 사내답게 해야지, 이게 양아치랑 다를 게 뭐냐고! 명색이 팔공산의 사왕이면 사왕다운 멋이 좀 있어야 하는 거 아니냔 말이야! 이럴 줄 알았으면 남천봉이 아니라 처음부터 현려봉으로 갔어야 했어. 금강야차 보라고. 같은 사내가 봐도 얼마나 멋져?"

"하지만 어쩌겠습니까? 한 번 정한 터는 옮기지 못하는 게 팔공산의 법도인데.”

“그러니까 내가 지금 저딴 찌질이한테 이런 굴욕을 당하고 있는 거잖아. 두고 봐! 오 년! 내가 반드시 오 년 안에 단혼팔문도를 대성해서 그 재수 없는 늙은이 목을 따고 저 찌질한 새끼 가죽도 벗겨 버릴 테니까!”

“근데 오 년이 와요?”

“그러니까 말이야. 팔공산의 시간은 거꾸로 간다는데 오 년이 오긴 오냐고.”

“그래서…… 이제 어쩔 건데요?”

“어쩌다니?”

“제갈세가의 표물 말입니다. 형님 성격에 남 뒤통수 까는 거 무쟈게 싫어하잖아요. 치사하게 전력 다 잃고 빌빌거리는 상대 공격하는 것도 싫어하고. 근데도 할 겁니까?”

“어쩔 수 없잖아. 나뿐만 아니고 우리 천랑채 식솔들까지 죄다 죽일 거라는데. 세상을 떠들썩하게 하고 있는 표행이니까 표물도 엄청 값진 걸 텐데, 그걸 놓쳤다 하면 그땐 정말 그 재수 없는 늙은이 제대로 미쳐 날뛸걸? 내가 아무리 겁대가리 상실한 놈이라고 해도 그 정도로 무모하진 않다고.”

“하긴, 그랬다간 작년 오룡채(五龍寨) 꼴 나기 십상이죠.”

잔혹도마 구귀광한테 잘못 개겼다가 오룡채 식솔 칠십이 시신조차 제대로 수습이 안 될 정도로 참혹하게 도륙을 당했었다.

"내키지는 않지만 우선 우리가 살려면 시키는 대로 해야지 뭐. 내일 묘시쯤에는 도착한다고 하니까 애들 모아서 구음지(九蔭地)에 매복하자고."

그런데…….

"분위기 왜 이래?"

장청이 좁은 협로 양쪽으로 빼곡한 수림 속을 바라보며 모웅에게 물었다.

"저거 막호채(幕壕寨)지? 저건 구관채(九官寨), 저건 표왕채(彪王寨)고. 맞지?"

같은 남천봉 소속의 악인채와 와웅채를 제외하고, 대강 훑어봐도 산채 예닐곱 개는 모여든 듯하다. 그리고 그들 모두는 이곳 남천봉이 아닌, 환락불의 광명채가 있는 주완봉과 개벽부의 동왕채가 있는 기암봉의 도적들이다.

"저것들 지금 우리랑 한번 해보자는 거지?"

사왕의 영역에 자리 잡은 각 산채는 다른 사왕의 영역은 침범하지 않는 것이 팔공산의 불문율이었다.

그리고 팔공산의 북쪽 입구인 이곳 구음지는 명백히 잔

혹도마의 영역이었다.

그런데 그 잔혹도마의 영역에 환락불과 개벽부의 졸개들이 개념 없이 기웃대고 있는 것이다.

"그만큼 제갈세가의 표물에 다들 눈이 벌게져 있다는 거 아니겠습니까? 뭐, 그 와중에도 역시 금강야차 쪽은 보이지 않네."

"당연하지! 금강야차가 이런 지저분한 일에 끼어들 리가 없잖아? 그나저나 이제 어쩌지? 지금 당장 저것들 쫓아버릴까?"

"이제 곧 도착할 텐데 그럴 만한 시간이 어딨어요? 게다가 우리 혼자서 저놈들 전부를 쫓아내는 건 애초에 무리이기도 하고. 환락불과 개벽부가 이 중요한 일에 남의 영역까지 보낸 놈들인데 만만한 놈들일 리가 없잖습니까? 괜히 잘못 건드렸다가 엄한 놈들한테 어부지리나 주게 되지."

"그럼 어쩌자고?"

"일단 잔혹도마한테 여기 상황부터 알리고, 우리는 기다리면서 상황을 보죠."

"젠장! 팔공산이 언제부터 이렇게 니 거 내 거 없이 너저분해졌어?"

"오히려 이게 가장 팔공산다운 거 아닙니까? 사왕이 너무 단단하게 자기 영역을 구축하는 바람에 사실 지금 팔공산은 재미가 없지. 도적 소굴 같지도 않고. 팔공산이라 하면 뭐니 뭐니 해도 무법천지가 제맛인데 말이야."

"하긴, 그렇긴 하지. 하지만 왜 하필이면 내 식솔들의 목숨이 걸린 일에 갑자기 무법천지가 되는 거냔 말이지."

그렇게 장청이 투덜거릴 때였다.

"어? 도착했나 본데요?"

모웅이 그렇게 주의를 상기시켰다.

아니나 다를까, 그렇게 팔공산의 도적들이 제각기 각자의 목적과 탐욕으로 숨죽이고 있는 그때,

따가락따가락.

말발굽 소리가 들렸다.

이윽고 여섯 필의 말이 끄는 짐수레들이 보이기 시작했다.

그런데,

"왜 저것들뿐이야?"

장청이 어리둥절한 표정을 했다.

장청뿐만이 아니었다.

모웅을 비롯한 천랑채의 도적들도, 그리고 구음지 곳곳에 자리를 잡고 매복해 있는 다른 산채의 도적들도 그 순간 모두가 어리둥절한 표정을 하고 있었다.

그도 그럴 것이, 듣기로는 표사들 수가 수백에 짐수레도

백 대가 넘는다고 했다.

그런데 터덜터덜 산을 오르고 있는 일행은 짐수레가 고작 세 대에다가 호위무사는 겨우 스물 남짓?

제갈세가의 표행단이라고 하기에는 그 수가 너무 적었던 것이다.

'저것들은 뭐야?'

〈다음 권에 계속〉

DREAMBOOKS★

DREAMBOOKS★

DREAMBOOKS★

DREAMBOOKS